THE QUEEN OF CRIME
繁體中文版
20週年
紀念珍藏

# 加勒比海疑雲

阿嘉莎・克莉絲蒂 著
龐紅梅、楊波 譯

Agatha Christie®

A Caribbean Mystery

策畫者的話

# 通俗是一種功力

吳念真（導演、作家）

通俗是一種功力。絕對自覺的通俗更是一種絕對的功力。

這樣的話從我這種俗氣的人的嘴巴說出來，大概很多人要笑破褲底了。不過，笑完之後請容我稍稍申訴。這申訴說得或許會比較長一點，以及，通俗一點。

小時候身材很爛，各種遊戲競爭完全任人宰割，唯一隱遁逃避的方法是躲起來看書或聽大人瞎掰。那年頭窮鄉僻壤的小孩能看的書不多，小學二年級時最喜歡的是超大本的《文壇》，老師借的。看著看著，某天老師發現我的造句竟出現：「捧著：朝陽捧著一臉笑顏為群山剪綵」這樣亂七八糟的文字，就拒絕再讓我看那些超齡的東西了。

老師的書不給看，我開始抓大人的書看。一種是厚得跟磚塊一樣的日文書，對我來說那完全是天書，但插圖好看，經常有限制級的素描。另一種書是比較薄的，通常藏得很嚴密，只是裡面有太多專有名詞、重複的單字和毫無限制的標點，比如「啊啊啊」、「……！！！」

老讓我百思不解。有一天，充滿求知欲地詢問大人竟然換來一巴掌後，那種閱讀的機會和樂趣也隨著消失了。

所幸這些閱讀的失落感，很快從大人的龍門陣中重新得到養分。講到這裡，我似乎先得跟一個村中長輩游條春先生致敬，並願他在天之靈安息。

我所成長的礦區，幾乎全是為著黃金而從四面八方擁至的冒險型人物，每人幾乎都有一段異於常人的傳奇故事。這些故事當事人說來未必精采，但一透過游條春先生的嘴巴重現，有時連當事人都聽得忘我，甚至涕泗縱橫，彷彿聽的是別人的故事。

條春伯沒當過日本兵，可是他可以綜合一堆台籍日本兵的遭遇，一如連續劇般從入伍、受訓、逃亡荒島，面對同鄉同袍的死亡，並取下他們的骨骸寄望帶回故鄉，乃至骨骸過多搞不清哪是誰的等等，讓聽的人完全隨他的敘述或悲或笑，彷彿跟他一起打了一場太平洋戰爭。此外他也可以把新聞事件說得讓一個三、四年級的小孩，到現在仍記得當時腦中被觸動的畫面。例如當年瑠公圳分屍案的凶手做案之後帶著小孩到安東街吃麵（這讓我一直以為台北的安東街是條專門賣麵的街道），還有甘迺迪總統被暗殺、賈桂琳抱住她先生、安全人員跳上飛快的車子保護賈桂琳……當然，這記憶全來自條春伯的嘴巴而不是報紙。我的記憶全是畫面，有畫面，是因為條春伯說得精采，說得有如親臨他至死都還搞不清地理位置的達拉斯命案現場。

於是這小孩長大後無條件地相信：通俗是一種功力，絕對自覺的通俗更是一種絕對的功力。透過那樣自覺的通俗傳播，即使連大字都不識一個的人，都能得到和高階閱讀者一樣的感動、快樂、共鳴，和所謂的知識、文化自然順暢的接軌。也許就是因為這些活生生的例子，俗氣的自己始終相信：講理念容易講故事難，講人人皆懂、皆能入迷的故事吏難，而能隨時把這樣的故事講個不停的人，絕對值得立碑立傳。

條春伯嚴格地說是有自覺的轉述者，至於創作者，我的心目中有兩個。一個是日本導演山田洋次，一個是推理小說家阿嘉莎．克莉絲蒂。

山田洋次創造了寅次郎這個集合所有男人優點跟缺點的角色，在以《男人真命苦》為名的系列下，總共完成百部左右的電影。它們的敘述風格、開頭、結尾的方法不變，唯一改變的是故事，是時代，是遍歷日本小鄉小鎮的場景。數十年來，看《男人真命苦》幾已成為日本人每年的一種儀式，一如新春的神社參拜。

數十年前訪問過山田導演，他說，當他發現電影已然有它被期待的性格時，電影已經不是導演自己的。他說：當所有人都感動於美人魚的歌聲時，你願意為了讓她擁有跟你一樣的腳，而讓她失去人間少有的嗓音嗎？

人間少有的嗓音與動人的歌聲，都來自山田導演絕對自覺的通俗創造。

再如阿嘉莎．克莉絲蒂，如果我們光拿出她說過的故事和聽過她故事的人口數字，就足以嚇死你。五十多年的寫作生涯，她總共寫出六十六本長篇推理小說，外加一百多篇短篇小說和劇本。其中有二十六本推理小說被改編，拍了四十多部電影和電視劇集。作品被翻譯成一百零三種文字的版本，銷量超過二十億本。

夠了。你還想知道什麼？知道二十億本的意義是什麼嗎？二十億本的意義是全世界平均三個人就有一個人讀過她的書，聽過她說的故事。

說來巧合，她和山田洋次一樣，創造出個性鮮明的固定主角（當然，前前後後她弄出來好幾個），然後由他（或是她）帶引我們走進一個犯罪現場，追尋真正的罪犯。

故事就這樣？沒錯，應該說這是通常的架構。那你要我看什麼？不急，真的不急，克莉絲蒂會慢慢冒出一堆足夠讓你疑惑、驚嚇、意外，甚至滿足你的想像力、考驗你的耐心和智商的事件來。

推理小說不都是這樣嗎？你說得沒錯，大部分是這樣，不一樣的是……對了，她像條春伯，像山田洋次，她真會說，而且她用文字說。

文字的敘述可以讓全世界幾代的人「聽」得過癮、「聽」個不停，除了聖經，也許就是克莉絲蒂。她不是神，但她真的夠神。

數十年前，台灣剛剛出現她的推理系列中譯本，那時是我結婚前，常有同齡的文藝青年來我租住的地方借宿，瞄到我在看克莉絲蒂，表情詭異地說：「啊？你在看三毛促銷的這個喔？」

我只記得他抓了一本進廁所，清晨四點多，他敲開我的房門說：「幹，我實在很討厭那個白羅……再拿一本來看看，我跟你說真的，要不是你的書，我真的很想把那個矮儸壓到馬桶吃屎！」

我知道他毀了，愛吃又假客氣，撐著尊嚴騙自己。克莉絲蒂再度優雅地撕破一個高貴的知識份子的假面具，她的手法簡單，那手法叫通俗，絕對自覺的通俗，無與倫比、無法招架的功力。

昔日的文藝青年如今跟我一樣，已然老去，但不時還會看到他寫一些充滿理念和使命感極重的文章，在報紙和雜誌上出現。我知道他要說什麼，只是常常疑惑他想跟誰說；同樣，我記得他說過什麼，但轉眼間忘記他說了什麼。但請原諒我，幾十年前那個晚上，他在我家看完的那兩本克莉絲蒂的小說內容，我可還記得清清楚楚。

也許有一天再遇到他的時候，我會問他之後是否還看過克莉絲蒂其他的書，如果沒有，我會跟他說，想讀要趁早，因為你會老、會來不及。至於白羅那個矮儸，大概永遠不會消失。哦，對了，還有一個叫瑪波，你說不定會來不及認識……

# 瑪波小姐——洞明世事，仍不失對人情的寬諒

吳曉樂（作家）

瑪波小姐是阿嘉莎．克莉絲蒂筆下的兩名神探之一，名氣不若白羅響亮，支持者倒是挺死忠專情。她也是推理小說界「女偵探」的第一把交椅，至今仍無人能動搖其地位。瑪波小姐系列合計有十二本長篇、兩本短篇小說集。以及一篇收錄於《哪個聖誕布丁？》的小說〈葛林蕭的笑話〉。常有讀者受「小姐」二字所誘，誤信瑪波小姐是妙齡少女，但英文中，未婚女性一律以Miss稱之，實際上，瑪波小姐已六十好幾。按照蓋達克警官的形容，「她的模樣非常蒼老，頭髮雪白，粉紅的臉上布滿皺紋，一對藍色眸子柔和且真摯無邪」。

瑪波小姐亦是知名的「安樂椅神探」，她的歲數與支氣管炎等痼疾限縮了她奔走的範疇。大部分時間，瑪波小姐僅在英國村鎮裡穿梭，一邊喝茶，一邊傾聽案件相關的陳述。克莉絲蒂刻意將筆下兩位神探做出區隔，白羅是比利時難民，案件時常顯現壯闊的異國情調，瑪波小姐系列則洋溢著恬謐、悠哉的英國小鎮氛圍。瑪波小姐經手的案件，多半以某座莊

園、公館為中心，在傭人、園丁、廚師、仕紳與貴婦人等交織而成的人際網絡裡，一樁樁謀殺案就此鋪展。

瑪波小姐的經歷有些神祕，讀者只能從她談及自己的稀少橋段，拼湊出模糊的過往：她接受良好教育，曾待過佛羅倫斯的寄宿學校，一度從事過護理工作。再從瑪波小姐坐擁房產、生活講究等細節，我們不難勾勒她中產階級的出身。上述資訊，幾乎是我們能得知的全部了。

至於瑪波小姐的個性，我想徵用瑪波小姐首次登場《牧師公館謀殺案》的語句：「她是村子裡最壞的女人，總是知道每一件事，並且做出最悲觀的推斷。」「在英格蘭，任何偵探也比不上一個上了年紀又有很多閒暇的老處女。」「拿望遠鏡賞鳥的習慣也總是讓她別有收穫。」從這些褒貶相依的評價，我們首先歸納出一些結論：瑪波小姐有些好管閒事，城府也深，偏偏她的判斷比誰都趨近真相。

更細緻地分析，瑪波小姐「溫和無害，乍看糊塗」的表象，是最天然的保護色。與她搭話的人物，屢屢在輕敵的狀態下鬆懈心防，下意識就吐露原先拚命掩藏的犯案痕跡。其次，瑪波小姐認為人性並不複雜，若我們悉心諦視，必能察覺其中的「共性」。她的外甥雷蒙．衛司曾將聖瑪莉米德村喻為「一潭死水」，瑪波小姐則認定死水若放在顯微鏡底下，「其實生機盎然」，而她所謂的顯微鏡，或許指涉了鄉村背景。鄉村生活人情緊密，有助瑪波小姐近距離蒐集人性的不同臉譜。我個人認為，瑪波小姐最專長的辦案手法是「數據分析」，她常將案發現場的樣本扔入聖瑪莉米德村——她的「人性資料庫」，進行搜尋和比對，一旦辨識出相似的行為態樣，接下來她將安坐椅上，預估其發展。是以瑪波小姐一再「後發先至」，她抵達現場的時間總是不無「遲到」的味道，不過待她釐清人物之間的譜系和利害關係，旋即能夠盤整出一些關鍵，為案件帶來重大突破。

瑪波小姐以閒談獲取的情報，都顯得那麼普通、不起眼，她卻能如同手上的編織活，這一針那一線巧妙地穿引，後續再輕輕一扯，將線索行雲流水地組織起來。瑪波小姐深諳自往昔的歲月萃取珍貴的經驗，舉例來說，有一回，她以「聖靈降臨節過後的週一，園丁必不上班」為由，輕易識破一則謊言；也有一回，她從「發音方式」捕捉到講述者的故弄玄虛。

初識瑪波的讀者，我建議以短篇小說《十三個難題》為前菜，篇幅短小，清爽不占空間，品嘗的餘韻足夠引發興致。至於長篇，我心儀《殺人一瞬間》，此作推理成分相對清淡，架構上更接近「豪門恩怨肥皂劇」，序幕即嵌入一場駭人的畫面，將讀者牢牢地鉤入劇情。辦案過程中，瑪波小姐另聘慧黠迷人的露希小姐，潛入疑雲重重的鹿瑟福。兩位小姐的視角頻仍轉換，前場後場的調度十分緊湊，讓讀者捨不得輕易暫停。克莉絲蒂向來很節制「愛情」的著墨，但在此作，她給露希小姐點綴了幾許風花雪月，時至今日，露希小姐情歸何處，是海內外讀者樂此不疲的謎題。而在《死亡不長眠》中，步履蹣跚的瑪波小姐擔憂一對年輕夫婦，不惜啟程遠行，讓我們見到她慈幼的一面。《加勒比海疑雲》也帶給我相當的樂趣，見瑪波小姐與毒舌老富翁拉斐爾搭檔，完成第一次在國外大展長才的紀錄，很是過癮。續作《復仇女神》，拉斐爾已逝，留下一封報酬頗豐的委託，瑪波小姐積極走入謎團，讀者可以看清她心中晃蕩不止的漣漪。瑪波小姐追憶拉斐爾的絮語，我認為是全系列裡罕有的「情愫」展現。

瑪波小姐還有項令人歆羨的本事：她的才華普遍獲得男性同儕的認同。亨利爵士稱她「本人絕無僅有，四星級睿智的紅粉知己，老太婆中的超級老太婆」。尼勒警官如此形容她：「為人正直，具有無可指摘的正義感。」時間跨幅長久的蓋達克警官更是五顆星好評：「瑪波小姐能夠用最大限度的鎮靜來思考謀殺、猝死，以及各種真實罪案。」

按照出版年代，《瑪波小姐的完結篇》是瑪波小姐最後一次現身。若以氛圍而言，我認為《破鏡謀殺案》裡瑪波小姐的自述，更適切地傳達出這位天才神探正緩緩邁向遲暮，「人必須面對現實：聖瑪莉米德昔日風貌不再。當然，從某種意義上說，沒有一樣東西能一如往昔。你可以怪罪戰爭（兩次世界大戰），怪罪年輕這一代，或者出去工作的女人，或者原子彈，或者政府，但其實你真正不滿的只是一個簡單的事實：你正在變老」。瑪波小姐信任的傭人凋零，外甥為她聘請的女傭竟把她視為昏聵無知、需要悉心呵護的老人家。萬幸的是，摯友荷大克醫師捎來了慰藉，他認為瑪波小姐最合適的藥方就是：一場謀殺案。這舉止點醒了讀者，縱使低調不鋪張，瑪波小姐依然、無庸置疑地對辦案懷有莫大熱情。

文章的尾聲，我要再次回到瑪波小姐的人性觀，她雖堅稱「最無情的猜測往往都會被證實為真」，倒也不吝坦承「我總是對人性抱著希望」。這位英國小姐的魅力自然流淌，她洞明世事，仍不失對人情的寬諒。

# 獻詞

阿嘉莎・克莉絲蒂是世界讀者最眾，也最廣受喜愛的女作家。
身為克莉絲蒂的孫兒，我相信奶奶會非常樂見這次出版，
因為她極以自己作品中的趣味與娛樂為豪。
歡迎所有喜歡本系列的台灣新讀者參與這場饗宴！

——馬修・培察（Mathew Prichard）

# 01 帕格夫少校說故事

「一提到肯亞，」帕格夫少校說，「許多傢伙總是夸夸其談，其實他們根本一無所知！我可是在那裡待了十四年。那段日子也是我一生中的黃金歲月……」

瑪波小姐點點頭。

這只是出於體貼的禮貌。帕格夫少校繼續回顧他並不怎麼有趣的一生，瑪波小姐則靜坐一旁，沉浸在自己的思緒裡。這種千篇一律的對話她已經司空見慣，只是每次指涉的地點不同而已。過去，他們最主要的話題是印度。詞彙除了少校、上校、中將外，還有一大串類似的字眼：西姆拉[1]、挑夫、老虎、岳塔哈幾地分[2]、基特馬嘎斯[3]等。帕格夫少校的語彙稍

1 西姆拉（Simla），位於印度北邊，是喜馬偕爾邦的首都。
2 岳塔哈幾地分（Chota Hazri Tiffin），指印度早午餐。
3 基特馬嘎斯（Khitmagar），指伺候用餐的男僕。

有不同：狩獵、吉庫尤族、大象、班圖人，不過模式基本上並無二致，他也不外是個需要聽眾的老人，喜歡在憶往中重溫昔日的歡樂歲月，回到他肩寬背挺、目光銳利、聽力精準的當年。

這些愛提當年勇的老人當中，有些曾是個雄糾氣昂的帥氣小夥子，有些則不幸地毫無魅力可言。一張臉黑得發紫、裝著一隻玻璃假眼、整個人看似青蛙標本的帕格夫少校，當然是屬於後者。

瑪波對這些人一概給予同樣的包容。她端坐傾聽，神態專注，不時點點頭表示同意（其實心頭想的是自己的事），同時不忘享受她該享受的……就目前而言，是眼前加勒比海湛藍的美景。

可愛的雷蒙真是對她太好了，她滿懷感激地想。那麼真誠，那麼貼心。她不知道他為什麼肯為這位老姨媽如此費心。是出於善心？或許。還是因為親情？也或許他是真的喜歡她。

她想，大體來說，他是喜歡她的……他向來就很關心她，只是方式略嫌誇張而傲慢。他老希望她跟上潮流，還寄書給她讀。現代小說，真是難以卒讀，淨是些不討人喜歡的人物，做出百般顯然連他們自己都不引以為樂的怪事。瑪波小姐年輕時，沒人提過「性」這個字眼；當然，字裡行間不乏暗示，但並不為此大書特書，然而讀起來，可比今天的東西有趣得多，至少瑪波小姐是這樣認為。在過去，「性」雖然常被貼上「罪惡」的標籤，但比起現今的意義，有如一種義務似的，瑪波小姐不禁認為它在以前還是可親得多了。

下看）。

她的目光遊走在膝上翻開的第二十三頁上，這已經是她最大的極限了（她其實不想再往下看）。

「你是說你一點性經驗也沒有？」年輕人難以置信地問，「你都十九歲了！你非有不可，性太重要了。」

女孩沮喪地垂著頭，一頭油膩的直髮落下，蓋住她的臉。

「我知道，」她喃喃說道，「我知道。」

他看著她汗漬斑斑的舊運動衫、光著的腳板，髒兮兮的腳趾甲，以及惡臭襲面的肥肉體味……他不知道自己為什麼如此受她吸引。

瑪波小姐也不知道！真是的，把性經驗強迫推銷給你，彷彿它是種興奮劑似的！可憐的年輕人！

「親愛的珍姨媽，為什麼你一定要像鴕鳥一樣把頭埋在沙土裡，還覺得自得其樂呢？樸拙的田園鄉居把你完全綁住了。真實的人生才重要。」

雷蒙會這樣說，而他的珍姨媽臉上會泛起恰當的羞愧，說「沒錯」。恐怕她真的是很古板。

事實上，鄉居生活一點也不樸拙。像雷蒙這樣的人，其實無知得很。由於肩負處理鄉村教區事務的職責，珍．瑪波對真實的鄉居生活可謂知之甚詳。她無意加以評論，更不想書於文字，但她可是體會甚深。那其中有太多性事，有的很自然，有的很不自然。強姦、亂倫、各種變態（有些事恐怕那些牛津大學畢業的聰明新作家根本聞所未聞呢）。

瑪波小姐的思緒回到加勒比海。她接續帕格夫少校正在述說的話題。

「真是不尋常的經歷，」她帶著鼓勵的語氣說道，「有趣極了。」

「我還可以告訴你許多事。當然，有些並不適合女士聽。」

經驗豐富的瑪波小姐立刻垂下眼簾眨了眨，帕格夫少校於是繼續描述各種土著的習俗，只是刪去許多不宜入耳的字彙，而瑪波小姐的心思再度回到她親愛的外甥身上。

雷蒙．衛司是個非常成功的小說家，收入相當豐厚，他既是克盡本分也是出於關心，總是竭力為這位老姨媽分憂解勞。去年冬天她得了一場嚴重的肺炎，醫生建議她多曬太陽。雷蒙慷慨地建議她到西印度群島去旅遊。瑪波小姐以旅費昂貴、路途遙遠、舟車勞頓為由婉謝了，再說，她也不能扔下她在聖瑪莉米德村的房子不管。雷蒙於是為她一一打點好。一個正在寫書的朋友想在鄉間找個安靜的所在。

「他一定會好好照顧你的房子。他可是很寶貝房子的。他是個酷兒，我是說……」

他遲疑片刻，有點尷尬……但當然，即使是珍姨媽也聽過「酷兒」這個名詞。

他繼續解決其他幾點疑慮。這年頭路途遙遠早已不成問題。她可以搭飛機去。他有個叫作戴安娜．哈洛克的朋友正好要去千里達，她可以一路照顧珍姨媽到那裡。在聖哈諾島，她可以住在桑德森夫婦經營的金棕櫚飯店。桑德森夫婦是世上最親切的人，他們會照顧她。他立刻就寫信給他們。

沒想到，桑德森夫婦正好回到英國來，幸虧接手經營的坎東夫婦也極熱情友善，他們向雷蒙保證，無須擔心他的姨媽；島上有個不錯的醫生，萬一有緊急狀況會做妥善處理，而他們自己也會時時照看，確保她舒適無虞。

他們說到便做到。莫莉．坎東是個二十多歲的的金髮女郎，性情率真，永遠顯得興致勃勃。她熱情迎接老太太的到來，盡力讓她覺得賓至如歸。她丈夫提姆．坎東身材瘦削，皮膚黝黑，三十餘歲，人也非常和氣。

如此這般，她就這麼來到這裡。瑪波小姐遠離英國的嚴寒氣候，自己住在一間小草屋，有一群笑臉迎人的西印度女孩伺候；提姆．坎東在餐廳為她推薦菜單的時候還會開開玩笑。她的小屋前有一條捷徑直通海灘，她可以舒舒服服地坐在海邊的柳條椅上看遊客戲水，甚至還有幾位老年遊客作伴，例如拉菲爾老先生、葛漢醫生、玻斯卡牧師兄妹，還有身邊這位有如騎士般的帕格夫少校。

對一個老太太來說，夫復何求呢？

非常遺憾的是，瑪波小姐並不覺得順意，這點連她自己也羞於承認，覺得很過意不去。

沒錯，這裡的氣候溫暖宜人，對她的風溼大有好處，而且景致如畫（不過好像有點單調？），到處都是棕櫚樹，每天都一成不變，從來不曾發生什麼。不像在聖瑪莉米德村，每天總有新鮮事。她的外甥曾把那裡的生活比作池塘裡的浮垢，她憤憤然駁斥，說如果把它攤在顯微鏡下，值得觀察的人生百態比比皆是。確實，在聖瑪莉米德村，大事小事不斷發生。它們閃現在瑪波小姐的腦海裡，一件又一件。林耐特老太太的咳嗽藥弄錯了；小波利哥的古怪行為；喬治・伍德的母親來看他那件事（她真是他母親嗎？）；喬・亞登和太太吵架的真正緣由……這麼多有趣的人情世事讓她揣測琢磨，真是其樂無窮。要是這裡也有什麼事讓她……呃，施展身手的話，那該有多好！

她忽然驚覺到，帕格夫少校已將話題從肯亞轉移到西北前線，正在敘述他當少尉時的經歷。更不幸的是，他正以熱切的語氣問她：「你同意嗎？」

經驗豐富的瑪波小姐應付這種問題綽綽有餘。

「我想我在這方面的經驗不多，無法妄加判斷。我得說，我的生活一向狹小閉塞。」

「應該是這樣，親愛的瑪波小姐，是啊。」帕格夫少校殷勤地說道。

「而你的人生是如此多采多姿，」瑪波小姐又說，打定主意要為自己方才自得其樂的神遊彌補一番。

「還可以啦，」帕格夫少校得意地說，「是不錯，」他帶著欣賞的眼神舉目四顧。「這地方很漂亮。」

「沒錯，的確漂亮，」瑪波小姐再也忍不住了，她追問一句：「我在想，這地方可曾發生過什麼大事？」

帕格夫少校瞪著她。

「噢，很多，醜聞多得是。我可以告訴你……」

瑪波小姐其實對醜聞不感興趣。這年頭的醜聞完全引不起大家的胃口。不過是男人女人不斷更換配偶，而他們不但不感到慚愧也不思遮掩，反而大肆張揚，引人注目。

「幾年前這裡發生過一起命案，是個叫作哈里．韋斯頓的人。這案子在報上喧騰一時，我敢說你一定記得。」

瑪波小姐毫無興致地點點頭。這不是她有興趣的那種命案。那樁命案之所以轟動，主要是因為每位關係人都很有錢。好像是哈里．韋斯頓槍殺了妻子的情夫法拉利伯爵，而他精心安排的不在場證明也好像是花錢買來的……所有在場的證人似乎都喝醉了，還有幾個癮君子。瑪波小姐心想，這些人實在不怎麼有趣，雖然外表噱頭十足，不過絕對不合她的口味。

「如果你問我，我會說，這可不是當時唯一的一起命案，」他又點頭又眨眼睛。「我當時就懷疑……噢！」

這時瑪波小姐的毛線團掉落地上，少校屈身替她拾起。

「說到謀殺，」他繼續說道，「我曾經碰過一個很古怪的案子……但其實不是我的親身經歷。」

瑪波小姐露出微笑，鼓勵他說下去。

「有一天，一堆人聚在俱樂部裡聊天，其中一人說了一個故事。他是醫生，說的是他的一名病人。話說某天深更半夜，一個年輕人跑來敲他的門，說他太太上吊自殺了。因為家裡沒裝電話，那名年輕人割斷繩索全力急救後，就火速開著車來找醫生。噢，她最後沒死，但也差點沒命。總而言之，她在搶救下活了過來。那年輕人似乎很愛她，哭得像孩子似的。他早就注意到她這陣子舉止怪異，意氣消沉。事情就是這樣，一切似乎很正常。可是大約一個月後，他太太還是服用安眠藥過量而去世了。真慘。」

帕格夫少校頓了頓，連點了好幾次頭。他的話顯然還沒說完，瑪波小姐只能耐心等待。

「事情就是這樣，你也許會說，這沒什麼嘛，只是一個神經質的女人，沒什麼特別。可是一年後，這位醫生和他的一個同行聊天，那人說了一個故事，說一個女人想投河自殺，她丈夫及時趕到救起她，接著找來醫生，兩人合力把她搶救回來，但幾個星期後，那女人又開煤氣自殺了。

「嗯，有點巧合，對吧？故事頗為雷同。我那個醫生朋友就說：『我也碰過極其類似的事，那人好像叫瓊斯什麼的。你那個病人叫什麼？』『我不記得了，我想是叫魯賓遜，反正不叫瓊斯。』

「兩人對望一眼，都覺得事有蹊蹺，我那醫生朋友就掏出一張照片給那個同行看。『就是這人，』他說，『事情發生第二天，我過去為病人做檢查，發現他家前門旁有一株非常美麗的芙蓉樹，我在國內從未見過那樣的品種。因為車上正好有照相機，我便拿來拍了張照片。而當我按下快門時，那個丈夫剛好踏出前門，我便把他也收入了鏡頭。我想他並沒有察覺。我問他這株芙蓉的名字，但他不知道。』那位同行看著照片說道：『這照片有點模糊，可是我敢發誓……反正我很肯定，就是同一個人。』

「我不知道他們有沒有再追查下去。不過就算追下去，也不可能查出什麼來。我相信瓊斯先生或魯賓遜先生一定會把一切掩蓋得天衣無縫。不過這事挺古怪的，你說是不是？難以想像會有這種事發生。」

「噢，我想像得到，」瑪波小姐靜靜地說，「事實上，這種事每天都在發生。」

「噢，得了吧，這未免太匪夷所思了。」

「如果一個人用某種行凶手法作惡得逞，他是不會住手的，他會一試再試。」

「就像新婚女子在洗澡時溺斃那件事？」

「對，類似的事。」

「我出於好奇，從醫生那裡要來了那張照片。」

帕格夫少校在他鼓得滿滿的皮夾裡翻來翻去，喃喃自語著。

「裡頭東西太多了。真不知道我留著這些東西做什麼……」

瑪波心想她倒知道。那些東西都是少校的寶貝，是用來佐證他那一肚子故事的。她猜他剛說的故事是經過一遍遍的加油添醋才變成如今這個版本，其實原委並非如此。

少校依然邊翻弄邊嘟囔。

「我幾乎都忘了那檔子事。她真的很漂亮，你絕不會想到……跑去哪裡了呢……啊，這讓我想起來，好大一對象牙呢！我一定要讓你瞧瞧……」

他停止翻弄，挑出一張小照片，朝它望了一眼。

「想看看殺人凶手的照片嗎？」

帕格夫少校正要把照片遞給她，突然一下子僵住，看來更像個青蛙標本了。他的眼神像是死盯在她的右後方，那兒正傳來愈來愈近的腳步聲和說話聲。

「噢，該死，我是說……」

他立刻把東西塞回皮夾，接著往口袋一放。那張臉顯得更紫更紅，然後開始用不自然的語調高聲說道：「我是說，我想讓你看看那對象牙，那是我射殺過最大的一隻象。話說……嗨，你們好！」他的聲音透著過度的熱情。「你看誰來了！美妙的四人組，焦不離孟孟不離焦，你們今天運氣如何？」

隨著那陣腳步聲，四個飯店客人已經走到跟前。是兩對夫妻，瑪波小姐先前已和他們打過照面。雖然她還不知道他們的姓氏，不過她知道大家都管那個有著一頭直豎濃密白髮的高大男人叫「葛雷」，他太太叫「好運」，是個金髮女郎。另外那一對，丈夫又黑又瘦，太太很漂亮，只是似乎飽經風霜，分別叫作愛德華和伊芙琳。據她所知，這兩人是植物學家，對鳥類也有興趣。

「一點運氣也沒有，」葛雷說，「沒找到我們想看的東西。」

「認識瑪波小姐嗎？這是希林頓上校夫婦，這兩位則是葛雷、好運．戴孫夫婦。」

他們客氣地對她致意後，好運就開始大嚷，說她如果不喝點東西，立刻就會倒斃在地。

葛雷向提姆．坎東招手示意，他正坐在不遠處和妻子一同翻看帳本。

「嗨，提姆，替我們拿點飲料來，」他又問大家。「來點莊園水果酒如何？」

大家都表示同意。

「你也一樣嗎，瑪波小姐？」

瑪波回說謝謝，不過她想來杯新鮮檸檬汁。

「那就來杯檸檬汁吧，」提姆．坎東說，「再加五杯莊園水果酒。」

「一起來吧，提姆？」

「我也想，可是我得先把帳目算清，總不能讓莫莉一個人應付。對了，今晚有鋼樂隊[4]演奏。」

「好耶，」好運嚷道，「該死，」她後退一步。「我全身都是刺。哼！都是愛德華故意把我推進荊棘叢裡。」

「那些粉紅色小花很可愛。」希林頓說。

「那些長長的刺也很可愛……你有虐待狂是不是，愛德華？」

4 鋼樂隊（Steel Band），源自千里達，樂器主要是鋼製油桶切割而成的打擊樂器。

「他不像我，」葛雷咧著嘴笑。「一副菩薩心腸。」

伊芙琳．希林頓在瑪波小姐身旁坐下，開始輕鬆地和她閒話家常。

瑪波小姐把手中的織針放在膝上。因為脖子上的風溼，她緩慢而費力地將頭轉向右邊，朝右後方望去。不遠處是一棟大草屋，裡面住著富有的拉菲爾先生，可是那屋子看起來毫無生氣。

她禮貌地回答著伊芙琳的話（真的，這些人對她真好！），兩眼卻若有所思地仔細打量那兩位男人的臉。

愛德華．希林頓看來像個好脾氣的人，沉默寡言但深具魅力。而葛雷．戴孫，身材高大，嘻嘻哈哈，一臉的開心。她想，他和好運應該是加拿大或美國人。

她看看帕格夫少校。他還在演戲，裝出一副愉快的模樣。

有意思……

# 02 瑪波小姐比較新交舊友

那天晚上，金棕櫚飯店到處是歡聲笑語。

瑪波小姐坐在角落的小桌旁，饒有興致地環顧四望。餐廳非常寬敞，西印度群島溫暖芬芳的氣息從三面洞開的窗戶裡飄進來。每張桌子都擺放著色彩柔和的小檯燈。女士們多半身著晚禮服，在輕薄的印花棉布下，露出曬成古銅色的肩膀和手臂。瑪波小姐自己曾在甥媳瓊恩溫柔的勸說下，收下一張「小額支票」。

「珍姨媽，那裡的天氣很熱，我想你可能沒有薄衣裳吧。」

瑪波小姐謝過她，收下了支票。在她那個年代，老一輩的資助年輕人、中年人照顧老年人，都是順理成章的事。但她絕不會逼自己去買件薄衣裳！以她的年紀，即使是最熱的天氣，她也覺得有點暖而已。再說，聖哈諾島並不像傳說中所言，散發著「熱帶的酷熱」。這天晚上，她穿的是樸素的英格蘭淑女傳統服裝……帶蕾絲花邊的灰色衣裙。

她可不是在場唯一上了年紀的人。在這個餐廳裡，各年齡層的人都有。有年歲不小的大亨，身旁帶著第三或第四任妻子；有從英格蘭北部來的中年夫婦；有來自加拉卡斯的快樂家庭，是全家出動；而南美洲幾個國家也都有代表在這裡，他們正以西班牙或葡萄牙語高聲談笑著。兩名牧師、一個醫生和一位退休法官，代表了純正的英國背景。甚至還有一家中國人。餐廳裡的服務生幾乎都是女人，高大黝黑的女孩身穿雪白制服，個個抬頭挺胸，不過負責的領班則是個經驗豐富的義大利人，還有個法國調酒師。提姆．坎東四處留心察看一切，時不時停下腳步和客人寒暄招呼。他的妻子盡職地跟在他身後。她是個漂亮的女人，頭髮發出自然的金色光澤，一張闊嘴總是帶笑。莫莉．坎東很少發脾氣。她的手下為她賣力工作，而她也圓熟地改變自己的態度來適應不同的客人。對於老人，她會大笑打趣；對於年紀較輕的女士，她則讚美她們的衣著。

「噢，你今晚的穿著好出色，戴孫夫人。我嫉妒得簡直想把它們從你身上扒下來！」

其實她自己的打扮也非常得體，至少瑪波小姐這麼認為……一襲白色緊身服，肩上披著淺綠色刺繡絲綢披肩。好運用手摸摸那條披肩。

「顏色真美，我也想有這麼一條。」

「你可以在旅館的商店裡買到。」

莫莉說完便走開了。經過瑪波小姐桌旁時她並沒有駐足。通常她都把老太太留給丈夫應付。她總說：「老太太喜歡男人來侍候。」

提姆．坎東走過來，在瑪波小姐身邊彎下腰去。

「您有特別想吃什麼嗎？」他問，「您告訴我，我會要他們為您特別準備一些。我想，旅館的餐點和亞熱帶氣候的食物，和您習慣的家鄉口味不太一樣吧？」

瑪波小姐笑說，這正是出國旅遊的一大樂趣。

「那就好。不過如果您真的需要……」

「比如說？」

「嗯，」提姆．坎東似乎有點猶豫。「麵包和奶油布丁？」他試探道。

瑪波小姐笑說，她目前不吃麵包和奶油布丁也很能適應。

她拿起湯匙，興致勃勃地吃起她熱愛的水果聖代。

鋼樂隊開始演奏。這種樂隊是島上的特色之一。坦白說，瑪波小姐對它實在不敢恭維。她認為它純然製造出可怕的噪音，吵鬧得毫無必要。不過，無可否認，其他人都陶醉其中。瑪波小姐具有真正年輕人的精神，考慮到既然大家都樂此不疲，她也只有學著去喜歡，總不能要求提姆．坎東從哪裡變出含蓄溫婉的〈藍色多瑙河〉吧。（華爾滋是如此的優雅！）而現在大家跳舞的姿勢更是千奇百怪。渾身搖來擺去，看來整個人扭曲得可以。唉，年輕人一定要玩得盡興……她的思緒驀然停在那裡。因為她突然想起，這裡其實沒幾個年輕人。跳舞、燈光、樂隊演奏（即使是鋼樂隊），這一切確實都屬於年輕人。可是年輕人在哪裡？她想，都在讀大學或是埋頭工作吧，而且一年只有兩個星期的假。這種地方對他們來說太遙遠，也太昂貴。這種無憂無慮的快樂生活完全是屬於三、四十歲的人，還有那些竭力想跟上年輕嬌妻腳步的人。這似乎是種遺憾。

想到年輕人，瑪波小姐不禁嘆了口氣。當然，坎東太太是年輕人，她恐怕才二十二、三歲，而且似乎樂在生活。但即使如此，那畢竟是份工作。

近旁一張桌邊，坐著玻斯卡牧師和他妹妹。他們示意瑪波小姐坐過來，和他們一起喝咖啡。瑪波小姐欣然照辦。玻斯卡小姐身材瘦削，一臉嚴肅。牧師則圓圓胖胖，臉色紅潤，和藹可親。

咖啡送來後，大家都把椅子拉得離桌子遠了些。玻斯卡小姐打開手提袋，取出她正在鑲邊的桌巾。老實說，那條桌巾還真難看。她把她一天的活動巨細靡遺地告訴了瑪波小姐。他們上午去了一家新成立的女子學校；午休後，他們穿過一片甘蔗林，步行到一間民宿去喝茶。他們有幾個朋友住在那裡。

玻斯卡兄妹來到金棕櫚飯店的時間比瑪波小姐長，因此告訴她好些其他住客的事。那個有夠老的男人，拉菲爾先生，每年都來。他有錢得很，在英格蘭北部擁有龐大的連鎖超市。跟在他身邊的年輕女子是他的祕書，叫作依瑟・華特絲，是個寡婦（當然，這沒什麼，毫無不當之處，畢竟他已年近八十了）。

瑪波小姐點頭表示理解。牧師又說：「她是個很好的女人。據我所知，她媽媽也是寡婦，住在奇徹斯特。

「拉菲爾先生還帶了個隨身男僕還是看護……應該是個合格的按摩師，名字叫傑克遜。可憐的拉菲爾先生，他其實已經癱瘓了。真慘，雖然他那麼有錢。」

「他是個慷慨又快樂的慈善家。」玻斯卡牧師語氣透著讚許。

大家三五成群，有的蜂擁在鋼樂隊旁，有的則離樂隊遠遠的。帕格夫少校和希林頓．戴孫兩家坐在一起。

「還有那一幫人……」

玻斯卡小姐壓低了嗓門，其實此舉毫無必要，因為樂隊的噪音立刻淹沒了她的聲音。

「噢，我正想問問他們的事情。」

「他們去年就來了。每年都要在西印度群島待上三個月，一年換一個島。那個又高又瘦的男人是希林頓上校，膚色黝黑的是他太太，兩人都是植物學家。另外那對是葛雷．戴孫夫婦，都是美國人。據說他專門寫蝴蝶的題材。他們四人都對鳥類有興趣。」

「有些野外的嗜好可真不錯。」玻斯卡牧師和善地說。

「我想他們不會喜歡你把這個稱為嗜好，杰瑞米，」他妹妹說，「他們在《國家地理雜誌》和《皇家園林雜誌》上都發表過文章。他們可是很嚴謹的。」

他們說及的那張桌子的客人突然爆出一陣哄笑，笑聲之大壓過了樂隊。葛雷．戴孫笑得前俯後仰，還一面捶桌子，他太太則在一旁抗議。帕格夫少校舉起酒杯一飲而盡，似乎也在擊掌叫好。

一時之間，很難把他們視為嚴謹的人。

「帕格夫少校不該喝那麼多酒，」玻斯卡小姐尖酸地說，「他有高血壓。」

餐桌上又送來新鮮的莊園水果酒。

「能把誰是誰分清楚真好，」瑪波小姐說，「今天下午我碰見他們的時候，還不敢確定誰和誰是夫妻呢。」

片刻沉默後，玻斯卡小姐乾咳一聲，接著說道：「呃，提到這個……」

「瓊安，」牧師以勸戒的語氣說，「還是別說了吧。」

「真是的，杰瑞米，我又沒打算說什麼。只是去年，不知為什麼……真的不知道，我們一直以為戴孫的太太是希林頓的太太，可是後來有人告訴我們，她其實不是。」

「人的印象確實很奇怪，對吧？」瑪波小姐狀似不經意地說。

她和玻斯卡小姐交換了眼神，一股屬於女人的默契流經兩人心頭。

任何比玻斯卡牧師敏感的男人都可以察覺到，自己的存在非常多餘。

兩個女人又互換了一個眼神，其中含義不言而喻，顯然是說「改天再談」。

「戴孫先生稱他太太為『好運』，這是她的真名還是綽號？」瑪波小姐問。

「我看不可能是真名吧。」

「我正好問過他，」牧師插口道，「他說他稱她為好運，是因為她是他的好運符，還說如果失去了她，運氣也就跑掉了。我想他這話說得很好。」

「他是在開玩笑吧。」玻斯卡小姐說。

牧師帶著不解的眼神看了他妹妹一眼。

鋼樂隊忽然爆出更大的噪音，一群人爭先恐後下了舞池。瑪波小姐和大家都把椅子轉個方向，觀賞人們跳舞。瑪波小姐欣賞舞蹈的程度更勝於音樂。她喜歡看跳躍的雙足和隨著節奏搖擺的身軀。在她看來，這非常真實，表現出一種力量。

這天晚上，她頭一回在這個新環境中感到自在了些。在過去，她往往輕易就能在新結識的人身上找到一些和她的故舊相似之處，可是這回直到現在，她還未發現。或許她是被這些鮮明華麗的服裝和充滿異國風情的色彩沖昏了頭，然而再過不久，她就能看出一些有趣的對比了，她這麼想。

舉莫莉·坎東為例，她就頗像在鎮公車處當車掌的那個好女孩，雖然她已記不得那女孩的名字。她總是攙扶你上車，在確保乘客坐穩前從不按鈴發車。而提姆·坎東，有點像曼徹斯特皇家喬治餐廳的那個領班，自信滿滿，但同時又總是面帶愁容（她還記得那人得過胃潰瘍）。至於帕格夫少校，他和利奧拉將軍、傅萊明上尉、威克羅上將和理查森司令毫無分別。她繼續梭巡，想找到更有意思的人物。葛雷？她很難做出比較，因為他是美國人。他可能有點像喬治·特羅普爵士，開國防會議時總是張口閉口都是笑話。或許，他更像肉販莫德先生。莫德先生名聲欠佳，不過有人說那些只是流言，然而這事莫德先生自己似乎也挺推波助瀾的！好運呢？嗯，這容易，她就像三冠酒店的瑪琳。伊芙琳·希林頓？她很難精準地說她像誰。從外表上看，她和許多人都很相似，高大、瘦削、飽經風霜的英國女人比比皆是。她像卡羅琳．沃爾夫嗎？她是彼得．沃爾夫的第一任妻子，後來自殺了。還是萊斯莉．詹姆士那沉默寡言的女人，她一聲不響就把房子賣掉並搬走，沒有告訴任何人她的去向。希林頓上校呢？一時找不出什麼對象。她得先和他熟識些才行。他是那種安靜不多話、文質彬彬的人。你永遠不知道他們心裡在想什麼，有時候他們的作為會讓你大吃一驚。她還記得，哈珀少校就悄悄割斷了自己的喉嚨，沒人知道究竟為了什麼。瑪波小姐認為自己大概知道，可是也不能確定。

她的視線游移到拉菲爾先生的桌子那邊。關於拉菲爾先生，眾所周知的是他非常富有，每年都會到西印度群島來。他半身癱瘓，看來活脫像隻皺縮的老鷹。他的衣服鬆垮地垂在他萎縮的身軀上，恐怕已有七、八十，甚至九十歲了。他兩眼透著精明，言行常是粗魯無禮，不過大家很少引以為怪，一來他太有錢，二來是因為他那不可一世的強勢個性能施予催眠，硬讓你覺得拉菲爾先生就是有粗魯的權利。

坐在他身旁的是他的祕書，華特絲太太。她一頭玉米黃的秀髮，面容可親。拉菲爾先生對她常常是無禮之至，但她似乎毫無所覺……不像是委曲求全，倒像是視而不見。她的舉止就像個訓練有素的護士。瑪波小姐想，她很可能在醫院當過護士。

一個高大英俊、穿著白夾克的年輕人走過來，在拉菲爾先生座椅邊站定。老人抬頭看他一眼，點頭示意他坐下，那青年順從地坐了下來。

「我想，那就是傑克遜先生，」瑪波小姐自言自語道，「他的男侍兼看護。」

她帶著興味的眼神，打量著傑克遜先生。

§

在酒吧裡，莫莉．坎東伸了個懶腰，踢掉高跟鞋；提姆．坎東從陽台上走過來。現在，酒吧內只剩他們兩個了。

「親愛的，累了嗎？」他問。

「有一點。今晚相當順利。」

「你還承受得住嗎？我知道這工作很辛苦。」他看著她，一臉憂心。

她大笑。

「噢，提姆，別傻了。我喜歡這個地方，這裡棒極了。這一直是我的夢想，現在終於實現了。」

「確實，這個地方是不錯……如果你只是客人的話。可是經營一項事業，那就是一份工作了。」

「噢，人總不能不勞而獲，對吧？」莫莉．坎東很明理地說。

提姆．坎東皺起眉頭。

「你認為還不錯？很成功？我們已經達成目標了？」

「當然啦。」

「你想大家會不會說：『桑德森夫婦來了以後這裡就不一樣了。』」

「當然有人會這麼說，這種話總有人說！不過說的人都只是一些老古板。我敢說，我們做得比他們好多了。我們更有魅力。你簡直迷死那些老太太了，看來就像你打算和那些四、五十歲的老女人談戀愛似的。我則和那些老頭兒打情罵俏，讓他們心癢癢的，要不就扮演乖女兒安撫那些多愁善感的老傢伙。噢，我們已經做得面面俱到了。」

提姆緊鎖的眉頭舒展開來。

「你要是能這麼想就好。我有些擔心，因為我們把一切都賭上去了。我把以前的工作都丟了……」

「這麼做是對的，」莫莉立刻接口。「那工作簡直是出賣靈魂。」

他大笑，對著她的鼻尖就是一吻。

「我跟你說，我們已經安排得很好，」她又說了一遍。「你為什麼老是擔心這個擔心那個的呢？」

「我猜是天性如此吧。我總是在想，總是擔心會不會出事。」

「出什麼樣的事？」

「噢，我也不知道。搞不好有人會淹死。」

「不會的，這裡的海灘安全得很；再說，我們還有一些瑞典大漢時時刻刻守著。」

「我真傻，」提姆．坎東說，遲疑片刻後又說：「你沒再做那種夢了吧，有嗎？」

「那個不值一提啦。」莫莉笑著說道。

# 03 飯店的死亡事件

瑪波小姐一如往常，要求把早餐送到她的床上：一杯茶、一個白煮蛋、一片木瓜。

瑪波小姐認為，這島上的水果頗令人失望，好像永遠是木瓜。她真希望能吃到蘋果，可是這裡似乎沒人知道什麼是蘋果。

她來到此地已經一個星期了，而且早已克制住詢問天氣的衝動。天氣永遠一樣，天天是晴天，沒有絲毫生動的變化。

「英國的天氣變化萬千。」她喃喃道，不知道是引用了別人的話，還是自己說出來的。

當然，她也知道島上會颳颶風。不過，以瑪波小姐對這個字眼的感覺，颶風不屬於天氣範疇，比較像是上帝的傑作。一陣雨，急促的暴雨，只持續個五分鐘，又驟然停息；雖然弄得到處溼淋淋的，每個人都像落湯雞，但要不了五分鐘就乾了。

那個西印度黑女孩一邊微笑道早安，一邊輕輕將托盤放在瑪波小姐膝上。她露出一口白牙，笑容可掬，快樂得很。這些女孩天性和善，可惜她們對婚姻都敬謝不敏。這可讓玻斯卡牧師極為憂心。他不無安慰地對自己說，是有很多人找他替小孩施洗，不過就是沒人找他主持婚禮。

吃罷早餐，瑪波小姐已經決定好如何打發這一天。這其實不難決定。她可以從容起床，慢慢活動，因為天氣燠熱，她的指頭不像平時那麼靈活。接著她可以休息個十分鐘左右，再帶著她的女紅慢慢在飯店附近走走，找個地方坐下。到露台上俯瞰海景，還是到海灘上看大人小孩做日光浴？通常她會選擇後者。午休過後，她可能會搭車出去兜風。反正就是這些消遣，做什麼都無所謂。

她對自己說，今天和往常不會有什麼不同。

當然，事實並非如此。

瑪波小姐按照計畫，慢慢沿著小徑走向飯店，在路上迎面碰見了莫莉．坎東。這個一向燦爛如陽光的女孩，一反常態地沉著臉，那副垂頭喪氣的模樣一點也不像她。瑪波小姐立刻問道：「親愛的，出了什麼事嗎？」

莫莉點點頭，遲疑片刻後才開口道：「唉，反正你遲早會知道……每個人都會知道。帕格夫少校出事了，他死了。」

「死了？」

「是的，昨天夜裡死的。」

「噢，老天，真令人難過。」

「確實，這裡竟然發生這種事，真是可怕，害得大家都心煩意亂。當然，他也確實上了年紀。」

「昨天他看起來還挺硬朗、開心的呢。」

瑪波小姐說，對大家想當然耳地認為上了年紀的人會隨時蒙主寵召有點不悅。

「他看起來很健康。」她又補上一句。

「他有高血壓。」莫莉說。

「但是，這年頭那種毛病一定有辦法可治，像是吃藥什麼的。現在醫藥科技很發達。」

「沒錯，不過他可能忘了吃藥，或是吃過量了。像打胰島素一樣，你知道。」

瑪波小姐並不認為糖尿病和高血壓可以相提並論。她問：「醫生怎麼說？」

「噢，葛漢醫生正巧住在飯店裡——他其實已經退休——為上校檢查了一番。當然，地方官員也來了，還出具了死亡證明，不過一切似乎一目了然。血壓高的人常會發生這種事，尤其是喝酒過量的話。帕格夫少校在這方面非常不小心。像昨天晚上就是。」

「沒錯，我注意到了。」瑪波小姐說。

「他很可能是忘了服藥。這位老先生太可憐了。不過人總不能長生不老，對吧？只是這件事很令人困擾……我是說對我和提姆而言。有人可能疑心是我們的食物有問題。」

「但食物中毒和高血壓的症狀是截然不同的吧？」

「沒錯，可是這種傳言很容易不脛而走。要是大家認為是食物有問題，就會離開這裡，或是告訴他們的朋友……」

「我認為你不必擔心，」瑪波小姐好心地說，「正如你所說，上了年紀的人……例如帕格夫少校，他一定七十多了吧……隨時都有可能過世。對大多數人來說，這種事相當平常；它是令人遺憾，不過並不奇怪。」

「只是，」莫莉悶悶不樂地說，「事發太突然了。」

是的，太突然了。瑪波小姐邊走邊想，昨晚他還那麼興高采烈，和希林頓、戴孫夫婦說說笑笑。

希林頓夫婦、戴孫夫婦……

瑪波小姐愈走愈慢，突然停住腳步，不再朝海灘的方向走，而是在露台上一個有遮蔭的角落裡坐定。她拿出針線，織針飛快地穿梭，彷彿要趕上她的思緒。她不喜歡這個念頭，真的不喜歡。

這未免太巧合了。

她在腦海中回憶著昨天發生的事。帕格夫少校和他說的那些故事……

全是陳腔濫調，不必仔細去聽……話說回來，如果她昨天仔細聽進去就好了。

肯亞。他一直在談肯亞，然後是印度、西北前線，然後不知怎地提到了謀殺，而即使談到了謀殺，她也沒有用心聽……

這裡曾經發生過一樁轟動一時的命案，報上曾經刊載過……

之後，他為她拾起線團，開始對她談起一張照片，一個殺人凶手的照片，他這麼說。

瑪波小姐閉起雙眼，努力回想那個故事的前前後後。

那是個混亂的故事，是別人在上校的俱樂部裡告訴他的……還是在別人的俱樂部？說故事的人是個醫生，而他是從另一個醫生那裡聽來的。一個醫生拍了一張照片，正好拍到一個人走出前門……那人是個殺人凶手。

沒錯，就是這樣。現在，各種細節都回到她的腦海裡。

他還說要拿那張照片給她看。他拿出皮夾，在裡頭翻找，嘴裡還不停說著……

說著說著，他抬頭一看……不是看她，而是看她的身後；說得正確些，是看她的右後方。他驀然住口，臉色變得青紫，接著就用微顫的雙手把所有東西塞回皮夾，開始不自然地高聲談起象牙！

片刻後，希林頓夫婦和戴孫夫婦就走了過來。

那時候她才轉過頭朝右後方看去。可是那裡什麼都沒有，也沒看到半個人。在她左側稍遠處，也就是飯店附近，是提姆．坎東和他妻子，而他們身後是一家委內瑞拉人。不過，帕格夫少校看的並不是那個方向……

瑪波小姐不斷思前想後，直到午餐時分。午餐後，她沒有坐車去兜風。

她找人傳話說她覺得不舒服，想勞駕葛漢醫生來看看。

# 04 瑪波小姐求醫

葛漢醫生是個很和氣的老人，年約六十五歲。他在西印度群島行醫多年，現在算是半退休，工作多半已經移交給他的搭檔。他柔聲向瑪波小姐問候致意後，接著問她有什麼地方不舒服。好在以瑪波小姐的年紀，總能找到一些小毛病可以小題大做。瑪波小姐躊躇著該說是肩膀痛還是膝蓋痛，最後決定選擇後者。瑪波小姐的膝蓋，她自已心知肚明，一直都有問題。

葛漢醫生非常好心，他很想說，其實以她的年紀，這種毛病在所難免，但他終究忍住沒說出口。他為她開了一些醫生處方中常見而又有效的小藥丸。他由經驗中得知，很多上了年紀的人初到聖哈諾島來總覺得有點孤單，所以他多待了一陣，和她閒話家常。

真是個好人，瑪波小姐心想，真慚愧必須對他說謊，可是我別無他法。

瑪波小姐從小就被要求誠實，而她本身也是個非常真誠的人。不過在某些場合下，如果她覺得非得撒謊不可，她也可以把謊話說得幾可亂真。

她清了清喉嚨，抱歉似地咳了一聲，用顫巍巍的老婦聲音說道：「葛漢醫生，有件事我想請你幫忙。我本來並不想說的，可是我實在沒有其他辦法……雖然它是件無足掛齒的小事，但對我可是很重要。我希望你能理解，切勿認為我的要求太煩人或是不可理喻。」

對於這樣的開場白，葛漢醫生很和氣地答道：「你有事情煩心嗎？我非常樂意幫忙。」

「這件事和帕格夫少校有關。他的過世真令人難過。我今早聽說的時候還真嚇了一跳。」

「確實，」葛漢醫生說，「非常突然，我得說。昨天他還那麼興高采烈。」

他的語氣雖然祥和，不過很平淡。對他來說，帕格夫少校的死顯然是再正常不過了。瑪波小姐不知道自己是不是庸人自擾。她這種懷疑一切的習慣是不是愈來愈嚴重了？或許她不該再相信自己的判斷力。其實這還稱不上是判斷，那只是疑心而已。但無論如何，她已經插手了，她必須勇往直前！

「昨天下午，我們還一起坐著聊天，」她說，「他說了好些他多采多姿的生活。世界上竟有這麼多奇奇怪怪的地方。」

「確實。」葛漢醫生說，他其實早已聽膩了帕格夫少校的往事回憶。

「他接著談到他的家庭，其實是他的童年，所以我也談了我侄子侄輩的一些事情，他聽得很是動心。我還給他看了一張我外甥的照片。他真是個好孩子……他其實已經不是孩子了，不過在我眼裡他永遠是個孩子，如果你懂我意思的話。」

「我懂。」葛漢醫生口裡一面說，心頭一面暗忖，這個老太太到底何時才要說到正題。

「我把照片遞給他，他正準備細看，這時候一些人突然冒了出來……他們都很客氣，喜歡採集野花和蝴蝶，好像是叫作希林頓上校夫婦和……」

「噢，是嗎？是希林頓夫婦和戴孫夫婦。」

「對，沒錯，他們邊說邊笑走過來坐下，點了飲料後，我們就一起聊天，聊得很愉快。但帕格夫少校一定是不經意地把我那張照片塞回他的皮夾後，又放進了他的口袋。我當時沒太在意，等我事後想起，我對自己說：『我一定要記得向少校要回丹澤爾的照片。』昨晚大家在跳舞的時候我還想到這回事，只是當時我不想打擾他，因為他們在一起玩得那麼開心，所以我就想：『明天早上我得記得向他要。』沒想到今天早上……」瑪波小姐頓了頓，有點上氣不接下氣。

「是，是，」葛漢醫生說，「我懂了。你是想把照片要回來，對吧？」

瑪波連忙點頭附和。

「對，正是如此。你知道，那是我僅存的一張照片，而且我沒有底片。我真的很怕把照片弄丟，因為可憐的丹澤爾五、六年前就過世了，他是我最喜歡的一個侄子。這是唯一能讓我想起他的照片。我在想，我希望——我這樣要求會不會太過分——不知道你能否幫我拿回那張照片？我真不知道還能找誰幫忙。你知道，我不曉得誰負責處理他的東西。我實在很為難，他們一定會認為我很煩人。你知道，他們不懂，沒有人會懂得這張照片對我的意義。」

「當然，當然，」葛漢醫生說，「我懂。對你來說，有這種感受是再自然不過了。事實上，我不久就要跟地方官員會面——葬禮定在明天——他們會派人來，察看他的文件和財產等等，然後再和他的近親聯繫。麻煩你將那張照片描述一下。」

「照片的背景是一棟房子的前門，」瑪波小姐說，「有個人……我是指丹澤爾，正好從前門走出來。一如我所說，這張照片是我另一個侄子拍的，他對花草非常有興趣。我想他正在拍一株芙蓉還是一種非常漂亮的百合花，丹澤爾正好從前門走出來。照片拍得不太好，有點模糊。可是我很喜歡，一直帶在身邊。」

「那好，」葛漢醫生說，「你的描述夠清楚了。我想我們很快就可以把照片拿回來，瑪波小姐。」

他站起身，瑪波小姐對他露出微笑。

「你真好心，葛漢醫生，真是非常好心。你懂得我的心情，對吧？」

「我當然懂，」葛漢醫生親切地握著她的手，口中說道，「別擔心，你的膝蓋每天要做些和緩運動，但也不要過量。我會找人把藥送來。每天吃三次，每次吃一片。」

# 05 瑪波小姐的決定

帕格夫少校的葬禮於次日舉行。瑪波小姐在玻斯卡小姐的陪同下參加了追思禮拜，由牧師宣讀悼詞。之後，生活又恢復了正常。

帕格夫少校的死只是一個偶發事件，一樁遺憾的事故，所以很快就被遺忘了。這裡的生活內容依然是陽光、海灘和社交。一個陰魂擾亂了這些活動，投下暫時的陰影，而現在，陰影已經消逝。再怎麼說，這裡沒有人和死者有深交。他只是個愛泡在俱樂部裡絮絮叨叨、令人生厭的老人，張口閉口都是些沒人真正想聽的個人回憶。他在世上任何地方都很難安身立命。他的妻子已死去多年，他可說是生前孤單，死時也淒涼。不過那種孤單是置身人群中的孤單，平常要消磨日子倒也不難。帕格夫少校生前或許寂寞，但也挺快樂的，算是自得其樂。現在他死了，下土了，沒有人在意這回事。再過一星期，說不定就沒有人會憶起他，甚至永遠不會想到他。

唯一可能想及他的人，恐怕就是瑪波小姐了。這當然不是出於私人感情，而是因為他代表了一種她深諳的生活。一個人上了年紀，會愈來愈習慣傾聽；也許聽的時候興致不大，但她和少校確曾有過溫暖的交流，是那種屬於老人之間的施與受，溫馨而富人情味。她其實不是為少校悲傷，不過她想念他。

葬禮舉行的那天下午，她坐在她最喜歡的地點織毛衣，葛漢醫生走了過來。她放下針線，和他打了聲招呼，他立刻說道，口氣充滿歉意。

「瑪波小姐，恐怕我帶來的消息會令你失望。」

「真的？是關於我……」

「沒錯。我們沒找到你那張寶貴的照片。恐怕這回你要失望了。」

「確實，這消息是令人失望。不過，當然，一張照片其實沒有那麼重要。我已經領悟到，我未免太重感情了。照片不在帕格夫少校的皮夾裡？」

「不在，他的遺物中也遍尋不著。只有幾封信、報紙剪報、一些雜七雜八的東西，還有幾張舊照片，但就是沒有如你形容的那張。」

「噢，老天，」瑪波小姐說，「好吧，只好這樣了。非常謝謝你，給你添麻煩了。」

「一點也不麻煩。我知道家人的小物件對一個人有多重要，尤其是上了年紀的人，這我有親身體驗。」

老太太接受事實的態度還算平和，他想，帕格夫少校很可能是在掏皮夾時不經意看到了那張照片，當下不假思索地把它當成沒用的東西撕掉了。當然，那張照片對這位老太太來說很重要，好在她看起來似乎還算愉快，也很豁達。

然而，瑪波內心既不愉快，也不豁達。她需要一點時間來理出頭緒，同時她也決定要善用眼前的機會。

她和葛漢醫生攀談起來，而且毫不掩飾自己的熱切。這個好心腸的人，把她的滔滔不絕視為老太太內心寂寞的自然流露，為了讓她不去想那張丟失的照片，他故作輕鬆地談起聖哈諾島上的生活，又介紹一些瑪波小姐可能有興趣逛逛的地方。但不知不覺中，話題又繞回帕格夫少校的死。

「真令人傷心，」瑪波小姐說，「想想看，就這樣孤獨地客死他鄉，雖然從他的談話中判斷，他並沒有什麼近親。他好像一個人住在倫敦。」

「我相信他去過不少地方。」葛漢醫生說，「每到冬天他就會出外旅遊，他不喜歡我們英國的冬天。這也不能怪他。」

「確實，」瑪波小姐說，「或許他有什麼特別的原因，例如肺不好之類的，所以必須在冬天出國？」

「噢，不，我不這麼認為。」

「他有高血壓，我相信。真是悲哀，聽到好多這種事。」

「他跟你提過，是嗎？」

「噢，不，他從未提過，是別人告訴我的。」

「哦，是這樣。」

「我想，」瑪波小姐又說，「既然他有病在身，這麼死去倒也不足為奇。」

「不見得，」葛漢醫生說，「現在有許多辦法能夠控制血壓。」

「他死得似乎非常突然……但我想你並不意外吧？」

「呃，就這個年齡的人來說，我並不特別意外，不過倒也沒料到就是了。坦白說，我覺得他的身體很……當然，我不曾為他做過身體檢查，也沒量過他的血壓什麼的。」

「能不能看得出來……我是說，醫生可不可能光從外表就看出一個人有沒有高血壓？」瑪波小姐一臉天真地問。

「光從外表看不出來，」醫生笑著說，「必須做些檢驗。」

「噢，原來如此。就是那種可怕的橡膠管，繞在你臂膀上打氣打得鼓鼓的。我一點也不喜歡。不過我的醫生說，我的血壓就我這種年齡的人來說挺不錯的。」

「這是好消息。」葛漢醫生說。

「對，少校很喜歡喝莊園水果酒。」瑪波小姐若有所思地說。

「沒錯，酒對高血壓可不是好東西。」

「我聽說，這種病可以服藥，對吧？」

「是的，市面上就有好幾種。他房裡就有一瓶什諾奈。」

「現在的科學真進步，」瑪波小姐說，「醫生幾乎無所不能，你說是吧？」

「我們都有一個偉大的對手，」葛漢醫生說，「你知道，大自然的力量。一些好用的古老祕方有時還是能派上用場。」

「比如用蜘蛛絲敷傷口？」瑪波小姐說，「我小時候常常這麼做。」

「很明智。」葛漢醫生說。

「還有，把亞麻籽糊抹在胸口，再用樟腦油揉進去，可以治咳嗽。」

「原來你無所不知呢！」葛漢醫生笑著站起身來。「膝蓋怎麼樣了，不痛了吧？」

「不痛了，似乎好多了。」

「很難說這是大自然的力量還是我的藥有效，」葛漢醫生說，「很抱歉沒幫上忙。」

「你已經非常幫忙了。真是不好意思，耽誤了你的時間。你剛才說少校的皮夾裡面沒有照片？」

「噢，有的，有一張他自己的舊照片，是他以前打馬球時拍的；還有一張他一腳踏在死老虎身上的照片。都是那種追憶青春時期的照片。不過我保證，我都仔細看了，絕對沒有你侄子的照片……」

「噢，我相信你一定看得很仔細。我不是那個意思，我只是感到好奇。我們都喜歡留著一些零碎的東西……」

「舊時的寶貝。」醫生微笑著說。

他道了再見，就離開了。

瑪波小姐若有所思地看著那些棕櫚樹和大海，良久都沒拿起針線。她現在知悉了一個事實，現在她得細細思索這件事的意義。少校從皮夾裡拿出又飛快塞回去的那張照片，在他死後不見了蹤影。上校不可能把照片扔了，因為他塞回皮夾裡了，所以他死後應該還在裡面。錢有可能被偷，可是沒人會去偷一張照片，除非出於特別原因……

瑪波小姐的臉色凝重。她必須做出決定，要不要讓帕格夫少校繼續安眠於地下？那樣豈不是更好？她低聲吟道：「鄧肯已死。在生命燃燒之後，他睡得正酣！」現在，什麼都傷害不了帕格夫少校了，他已遠離了恐怖的魔掌。

他正好死於那天晚上，這是否僅是巧合？或者並非巧合？醫生都把老人的死視為理所當然，尤其他房裡還放了一瓶高血壓患者每天都得服用的藥丸。可是，如果有人從少校的皮夾裡拿走了照片，也可能是那人把藥瓶放進少校的房間。她不記得曾經看過少校吞服藥丸，而他也從未對她談起他的高血壓。他唯一提過的健康問題，就是承認自己「不比從前了」，偶爾會有點呼吸急促，輕微氣喘，僅此而已。可是有人提過帕格夫少校有高血壓，是莫莉？還是玻斯卡小姐？她記不得了。

瑪波小姐嘆口氣，接著在心裡默默告誡自己。

「珍，你到底在轉什麼念頭、在想些什麼？或許這一切都是你胡思亂想的吧？你真有什麼根據嗎？」

她極力回想，一步一步回溯她與少校談及謀殺案和凶手的那段對話。

「噢，老天，」瑪波小姐說，「就算是……真是的，我也不知道該怎麼辦……」

可是她其實心裡有數，她已經打算放手一試。

# 06 午夜時分

瑪波小姐很早就醒了。就像許多老人家一般，她也睡得很淺，時不時就會醒來，於是她利用這段時間計畫隔天或日後要做的事情。當然，通常都是些私事或家務事，那些事除了她自己，沒有人會感興趣。可是這天早晨，瑪波小姐異常清醒地躺在床上，活躍於腦中的淨是「謀殺」的可能性，還想到如果她的懷疑正確，她又該怎麼做。這可不是件輕鬆的事。她有件武器，不過也是唯一的武器，那就是找人談話。

老太太多半喜歡談天說地，大家雖然覺得煩人，但絕不會懷疑她們是別有居心。找人談話可不能直接提出問題（事實上，她也不知道該問什麼），她得對某些人多了解一些才行。她把這些人在腦中過濾了一遍。

或許，她可以多打聽一些帕格夫少校的事，但是這有幫助嗎？她很懷疑。如果帕格夫少校確實死於謀殺，那也不可能是因為他個人的祕密、有人覬覦他的財產或是出於報復使然。

雖然他是被害人，但這是一樁深入了解被害人也未必有助於尋凶的罕見案例。在她看來，帕格夫少校被害的關鍵……也是唯一的關鍵，是他的話太多！

她從葛漢醫生那裡得知一件耐人尋味的事。他的皮夾裡放著好幾張照片，一張是少校在打馬球，一張是死老虎，還有幾張類似的照片。帕格夫少校為什麼要隨身攜帶這些照片？從瑪波小姐長期和那些老司令、准將、少校打交道的經驗，她很清楚那是因為他對某些故事津津樂道，總喜歡一再說給別人聽。他的開場白常是「我在印度射殺老虎的時候，出了件怪事……」，或是憶起他在打馬球時的一段經歷。而每每說到嫌疑甚大的殺人凶手，他就會順著話頭，從皮夾裡拿出那張照片來做例證。

他和她，就是遵循這個模式聊天。既然提到謀殺，為了吸引對方的注意力，他就一如往常地拿出照片，口裡還不經意地說：「看不出這傢伙是殺人凶手吧？」

問題是，這已經成為他的習慣。這位凶手的故事已是他的老生常談，只要一提到謀殺，少校的話匣子就無法止住。

瑪波小姐心想，果真如此，他可能也對這裡的某人（甚至不只一位）說過這個故事。所以，她或許可以從這人的口裡得知更多細節，說不定還能探知照片裡那個人的外貌長相。

她滿意地點點頭。就這麼開始吧。

當然，她心目中已有四個所謂的「嫌疑犯」，不過，既然帕格夫少校一直在談「某個男人」，那就只剩下兩個有嫌疑。希林頓上校和戴孫先生，外表一點也不像殺人凶手，話說回來，凶手往往是最出乎意料的那個人。可不可能是其他人呢？她回頭觀望的時候，並沒有看到別人。當然，那邊還有一間草屋，拉菲爾先生住的大草屋。可不可能剛好有人從房裡走出來，而在她轉頭之前又進屋子去了呢？果真如此，那就只有那個男伴護了。他叫什麼名字？想起來了，叫傑克遜。會不會就是傑克遜從房裡走出來？那時的情景有可能和照片裡的背景一樣，所以當那個男人從門口走出來時，一下子就被認了出來。在那之前，帕格夫少校或許從未對那個亞瑟．傑克遜正眼瞧上一眼。他那對到處亂轉、東張西望的眼睛根本就是一副勢利眼；亞瑟．傑克遜不是重要人物，帕格夫少校不會有興趣看上第二眼。

直到他手裡拿著照片，眼睛越過瑪波小姐的右肩，看見一個男人正從門裡走出……

瑪波小姐翻了個身。明天的計畫（或者該說是今天），是調查希林頓夫婦、戴孫夫婦和亞瑟．傑克遜……那個男伴護。

§

葛漢醫生也醒得早。通常遇到這種狀況，他會翻個身又繼續睡，可是今天他相當心神不寧，無論如何也了無睡意。他已許久不曾因為焦慮而難以入眠了。這股焦慮從何而來呢？真是的，他想不出來。他躺在床上，細細思索。是因為，因為……對，是因為帕格夫少校。帕格夫少校的死令他焦慮嗎？可是他想不通，這為什麼會讓他困惑不安。是因為那個愛碎嘴的老太太說了什麼嗎？她找不著照片，真不幸。好在她還看得開。那麼是她說了什麼，還是哪個字眼讓他覺得不對勁呢？再怎麼說，少校的死並無異常之處，絲毫也沒有；至少在他看來毫無異狀。

顯然，以少校的健康狀況……他的思路突然停在那裡。他真的了解帕格夫少校的身體嗎？大家都說他患有高血壓，可是他自己從未和少校談過這個話題。話說回來，他和少校本來就聊得不多。帕格夫少校是個煩人的老先生，他對那種人可說是避之唯恐不及。然而為什麼他會覺得這件事不對勁呢？是因為那個老太太嗎？可是她什麼也沒說啊。唉，反正和他無關。地方當局覺得沒問題就好。那老傢伙房裡有一瓶什諾奈，而且他顯然常跟別人提起他的高血壓。

葛漢醫生在床上翻個身，不久就進入了夢鄉。

§

飯店庭院外的河邊小木屋裡，維多利亞．強生翻了個身，在床上坐直。這個聖哈諾女孩胴體柔軟優美，活像一尊黑色的大理石雕像，雕塑家見到了一定相當欣賞。她以手指理著一頭烏黑濃密的鬈髮，並用腳朝枕邊人的肋骨戳了戳。

「喂，醒醒。」

那男人咕噥一聲，翻過身來。

「幹什麼？天還沒亮呢！」

「醒醒，我有話跟你說。」

那男人坐直身子，伸了個懶腰，咧開大嘴和一口漂亮的牙齒。

「你在心煩什麼，女人？」

「那個死了的少校。我覺得不對勁，這裡頭有問題。」

「啊，你操這個心做什麼？他老了，所以死了。」

「聽著，是那些藥丸。醫生問過的那些藥丸。」

「藥丸怎麼了？也許他吃多了。」

「不是，我不是這個意思。告訴你……」

她朝他靠過去，以熱切的語氣說了什麼。他打了個哈欠，再度躺下。

「那也沒什麼。你到底想說什麼？」

「算了，反正明天一早我就去跟坎東太太說。我總覺得這件事哪裡不對勁。」

「不要瞎操心，」男人說。雖然不曾舉行儀式，但她已把他當作丈夫看待。「我們就別找麻煩了，」

說完，他翻過身打了個哈欠。

# 07 海灘的早晨

近午時分，飯店外的海灘上。

伊芙琳·希林頓從水裡冒出來，倒在暖洋洋的金色沙灘上。她摘下泳帽，用力甩甩一頭黑髮。這海灘不大，但大家早上都喜歡聚集在這裡，每到十一點半左右，這兒簡直成了社交大會場。在伊芙琳左側那個充滿異國風情的摩登躺椅上，正躺著卡斯帕羅太太，她是一個來自委內瑞拉的漂亮女人。坐在她旁邊的是拉菲爾老先生，他儼然已是金棕櫚飯店的資深房客了。只有像他這麼有錢的老病人才會如此頤指氣使。依瑟·華特絲在一旁照料他。她總是隨身帶著速記本和鉛筆，以防拉菲爾先生突然想起什麼要務急事，必須十萬火急地拍電報出去。穿著沙灘裝的拉菲爾先生乾瘦得令人難以置信，整個人活像是一層鬆垮的皮掛在骨頭上。雖然他看來彷彿只剩一口氣，不過這八年來他始終就是這副模樣……島上的人都這麼說。他皺紋縱橫的臉上，鑲著一對炯炯有神的藍眼睛，他此生最大的樂趣就是強烈駁斥任何人說的任何話。

瑪波小姐也在海灘上。她一如往常地坐著，邊打毛衣邊聽別人聊天，偶爾插上一兩句話。每當她一開口，總會嚇大家一跳，因為他們每每忘了還有她這個人存在。伊芙琳．希林頓出神地望著她，心想這老太太人還不錯。

卡斯帕羅太太在她修長的美腿上抹上一些油，一邊哼著歌，她不是個多話的女人。此刻，她正不滿地望著那瓶防曬油。

「這牌子沒有弗朗琴好，」她說，一副遺憾的模樣。「可惜這裡買不到弗朗琴，真可惜。」她再度垂下眼簾。

「你要不要下去泡泡水，拉菲爾先生？」依瑟．華特絲問。

「等我準備好，我自然會下去。」拉菲爾先生沒好氣地說。

「已經十一點半了。」華特絲太太說。

「那又怎麼樣？」拉菲爾先生說，「你以為我是那種看鐘過日子的人嗎？這個鐘頭做這個，過二十分鐘再做那個，幾點幾分又幹嘛幹嘛……呸！」

華特絲太太照顧拉菲爾夠久了，已經練就一套辦法對付他。她知道他泡完海水後需要一段時間來恢復體力，所以故意提前十分鐘左右提醒他，好讓他有充分的時間來反駁她的意見，接著再若無其事地照著她的建議做。

「我討厭這種涼鞋，」拉菲爾先生抬起一隻腳盯著看。「我對傑克遜那個傻瓜說過，但那傢伙從來不注意聽我說話。」

「我幫你去換一雙好嗎，拉菲爾先生？」

「不，不要，你就乖乖坐著安靜點。我討厭別人像母雞一樣，到處亂跑亂叫。」

伊芙琳輕軟地在暖和的沙灘上伸出雙臂。

瑪波小姐全神貫注地織著毛衣……至少看起來專心一意。突然她伸出一隻腳，接著連忙道歉。

「對不起，真對不起，希林頓太太，我踢到你了吧？」

「噢，沒關係，」伊芙琳說，「海灘上真擠。」

「噢，你不要動，千萬別動。我把椅子向後挪就不會碰到你了。」

瑪波小姐一邊挪座位，一邊孩子似地喋喋不休。

「能到這兒來真好！你知道，我從未來過西印度群島，我還以為永遠也來不了這種地方，而現在，我人就在這兒。這都多虧我那貼心的外甥。我猜你對這一帶很熟，對吧，希林頓太太？」

「這個島我曾經來過一兩回，當然其他小島也多半去過。」

「噢，這樣啊。你是去找蝴蝶，對吧？還有野花之類的。你和你的……他們是你的親戚嗎？」

「是朋友，只是朋友。」

「我想你們常常一起出遊，是因為興趣相投，對吧？」

「對。我們一塊旅行已經好幾年了。」

「你們一定有過非常刺激的冒險奇遇吧？」

「倒也沒有，」伊芙琳說，語氣冷淡，帶點厭煩。「奇遇好像總是發生在別人身上。」

她打了個哈欠。

「沒碰過毒蛇、野獸或土著之類的驚險場面嗎？」

真是個傻問題，瑪波小姐心想。

「最糟的也不過是被蟲子咬幾下。」伊芙琳說。

「你知道，可憐的帕格夫少校曾經被蛇咬過。」

瑪波小姐扯了個漫天大謊。

「真的？」

「他沒跟你說過嗎？」

「大概有吧，我不記得了。」

「我想你和他挺熟的，是嗎？」

「和帕格夫少校？不，我們根本不熟。」

「他總有一肚子有趣的故事可說。」

「那個老傢伙，真夠煩人，」拉菲爾先生說，「又蠢得要命。要是他好好照顧自己，今天也不會死掉。」

「噢，別這麼說，拉菲爾先生。」華特絲太太說。

「我知道自己在說什麼。如果你照顧好自己的身體，到任何地方都不會有事。看看我，好幾年前醫生就說我不行了。我就說，好吧，我有自己的一套健康準則，我會堅持下去。現在你們看看我。」

他面帶驕傲，四下環顧了一圈。

的確，這人竟然還活著，真令人不可思議。

「可憐的帕格夫少校，他有高血壓。」華特絲太太說。

「胡說。」拉菲爾先生說。

「噢，他真的有高血壓。」伊芙琳．希林頓突然開口說道，口氣帶著無可質疑的嚴肅。

「誰說的？」拉菲爾先生說，「是他告訴你的嗎？」

「有人這麼說。」

「他的臉看起來很紅。」瑪波小姐插了一句。

「看臉色不準，」拉菲爾先生說，「反正他沒有高血壓，因為他親口跟我說過。」

「他跟你說過，這是什麼意思？」華特絲太太說，「我的意思是，一個人沒事怎麼會告訴別人他沒什麼毛病？」

「怎麼不可能？有一回我見他吃得太多，又狂飲莊園水果酒，就對他說：『你應該注意飲食。你這把年紀了，應該當心血壓。』他就說他在這方面不必當心，他血壓正常得很。」

「不過，我相信他一直在服用治療高血壓的藥，」瑪波小姐再度加入談話。「是一種叫作……噢，發音像是什諾奈的東西，是吧？」

「如果你問我，」伊芙琳．希林頓說，「我認為他不會願意承認自己不舒服或是有病痛。我認為他是那種很怕生病所以拒絕承認自己有病的人。」

她很少說這麼多話。瑪波小姐若有所思地盯著她那一頭黑髮。

「問題是，」拉菲爾先生專制地說道，「大家都太喜歡打聽別人有什麼病痛了。他們總認為超過五十歲的人隨時都會死於緊張過度或是冠狀動脈血栓之類的。胡說八道！如果一個人說他沒毛病，我就相信他沒毛病。人最清楚自己的身體。幾點了？十一點四十五分？我早該下去泡水了，你怎麼不早點提醒我，依瑟？」

華特絲太太沒有辯駁。她逕自站起身，熟練地扶起拉菲爾先生，小心地攙著他一同走向海灘，又一起踏入海水中。

卡斯帕羅太太睜開眼睛，自言自語道：「男人一老可真慘不忍睹！醜得要命！男人一到四十就該被處死……三十五歲或許更好。對吧？」

愛德華．希林頓和葛雷．戴孫吱吱嘎嘎地沿著海灘走過來。

「水溫如何，伊芙琳？」

「和平常一樣。」

「總是沒什麼變化，對吧？好運去哪裡了？」

「不知道。」伊芙琳說。

瑪波小姐再度若有所思地盯著那頭黑髮。

「好吧，現在我得學學鯨魚了。」葛雷說。

他脫掉身上寬大鮮豔的百慕達襯衫，沿著海灘狂奔，氣喘吁吁地跳進大海，飛快地游著。愛德華．希林頓則在妻子身邊坐下。他問：「還要不要下水？」

她露出微笑，套上泳帽，兩人一起安靜地走下海灘。

卡斯帕羅太太又睜開眼睛。

「一開始我還以為他們在度蜜月呢。他對她可真體貼。可是後來我聽說他們已經結婚八、九年了，真令人難以相信，對吧？」

「不知道戴孫太太去哪裡了。」瑪波小姐說。

「那個叫好運的女人嗎？她一定和某個男人在一起。」

「你……你認為是這樣？」

「這是一定的嘛，」卡斯帕羅太太說，「她就是那種人。可惜她不年輕了，她丈夫的心思已經不在她身上。他到處拈花惹草，逗逗這個，撩撩那個，總是這樣，我知道的。」

「是呀，」瑪波小姐說，「我就想你會知道。」

卡斯帕羅太太訝異的眼神掃了她一眼。她顯然沒料到，這位老太太會口出此言。

而瑪波小姐卻若無其事地看著海浪。

§

「我可以和你說句話嗎，坎東太太？」

「當然可以。」莫莉說，她正坐在辦公室的桌子後面。

高大活潑、穿著一身雪白制服的維多利亞．強生向前走了幾步，而且神祕兮兮地關上身後的門。

「我想跟你說件事，坎東太太。」

「噢，怎麼了？出了什麼事？」

「我也不知道，我不敢肯定。是關於那個死去的老先生，那個在睡覺時死掉的少校。」

「噢，他怎麼了？」

「他房裡有一瓶藥，醫生曾經問過我這件事。」

「所以呢？」

「醫生說：『讓我看看他浴室的架子上有些什麼。』然後他就去看。他看到架子上有牙粉、消化片、阿斯匹靈、瀉藥，還有那種叫什諾奈的藥丸。」

「所以呢？」莫莉又問了一遍。

「醫生看了看，好像很滿意，點了點頭。可是我後來想到，那些藥丸本來不在那裡的。我從來沒在少校的浴室裡見過那些東西。其他的東西我都見過，牙粉、阿斯匹靈、刮鬍水等等，我都看過。可是那些藥丸，那些叫什諾奈的藥丸，我從來沒看過。」

「所以你認為……」莫莉露出不解的表情。

「我不知道我該怎麼認為，」維多利亞說，「我只是覺得不對勁，所以我想我最好告訴你。或許你可以去跟醫生說？這其中可能有問題。有可能是什麼人把藥丸放在那裡，那老少校吃下去以後就死了。」

「噢，我認為這絕無可能。」莫莉說。

維多利亞搖搖頭。

「誰曉得呢。有人就是會做壞事。」

莫莉朝窗外看了一眼。這地方看起來有如人間天堂，陽光、海灘、珊瑚礁、音樂、舞蹈，簡直可媲美伊甸園。但即使在伊甸園裡也有陰影，魔鬼的陰影。壞事……這個字眼可真刺耳。

「我去問問看，維多利亞，」她隨即說道，「別擔心。最重要的是，別出去亂嚼舌根。」

維多利亞似乎心有未甘地離去，提姆．坎東正好走進來。

「有事不對勁嗎，莫莉？」

她猶豫片刻，心想維多利亞也可能跑去跟他說，於是就把維多利亞的話告訴了他。

「我真看不出這些胡說八道有什麼意思……到底是什麼藥丸啊？」

「我也不大清楚，提姆。我記得羅伯遜醫生來的時候說，那些藥丸是治高血壓的。」

「那就對了，不是嗎？我的意思是，他有高血壓，所以才會吃那種藥，對吧？這很平常啊。我看過那些藥丸，還見過好幾回呢。」

「是沒錯，」莫莉遲疑地說，「不過維多利亞好像認為他是吃了這種藥才死掉的。」

「親愛的，那未免太誇張了吧！你的意思是，有人把他的高血壓藥丸掉了包，結果毒死了他？」

「聽你這麼一分析，」莫莉道歉似地說，「那些話聽起來的確是很荒謬。不過，維多利亞好像就是這麼想。」

「那個傻丫頭！我們可以去問問葛漢醫生，我想他會知道的。不過，拿這種胡言亂語去麻煩他，實在沒必要。」

「我想也是。」

「那女孩怎麼會認為有人掉換了藥丸呢？你的意思是，有人把不同的藥丸放在同一個瓶子裡？」

「我也不大清楚，」莫莉顯得手足無措。「維多利亞似乎是認為，那瓶什諾奈原本並不在那裡。」

「胡說八道，」提姆．坎東說，「他一定得隨時服藥來降低血壓。」

說完，他急匆匆地去找餐廳領班費南多談事情去了。

可是莫莉心裡一時還放不下。午餐忙碌過後，她對丈夫說：「提姆，我一直在想，如果維多利亞到處談這件事……也許我們應該找個人問問。」

「親愛的！羅伯遜那些人那時都來過，他們四處查看了一遍，該問的也都問了。」

「話是沒錯，不過你知道那些女孩子，她們會傳來傳去。」

「噢，好吧！這樣吧，我們去問葛漢，他會知道的。」

葛漢醫生正坐在涼廊上看書。小倆口一進門，莫莉立刻滔滔不絕起來，只是顯得有點語無倫次，提姆於是接過話頭。

「聽起來很蠢，」他抱歉地說，「不過據我所知，這女孩認為有人放了毒藥在……那個東西叫什麼來著……什諾奈的瓶子裡。」

「她怎麼會有這個念頭呢？」葛漢醫生問，「是她看到還是聽到了什麼？或者……我的意思是，她怎麼會這麼想？」

「我也不知道，」提姆莫可奈何地說，「是因為瓶子不一樣嗎？是嗎，莫莉？」

「不是，」莫莉說，「我想她是說，有一瓶叫什……什……」

「什諾奈，」醫生說，「這沒什麼不對，那是一種很常見的藥，少校一直在按時服用。」

「但維多利亞說她從未在他房裡見過……」

「從未在他房裡見過？」葛漢立刻問道，「她這麼說是什麼意思？」

「她就是這麼說的。她說浴室的架子上什麼東西都有：牙粉、阿斯匹靈、刮鬍水，那些東西她簡直倒背如流。我想她每天都在清理這些東西，所以瞭如指掌。但是這樣東西，也就是那瓶什諾奈，她直到他死去的那天才見到。」

「這就怪了，」葛漢醫生的口氣甚是嚴峻。「她確定嗎？」

聽到他異常嚴厲的口氣，坎東夫婦不由得抬起頭來看著他。他們沒料到葛漢醫生會有這種反應。

「聽起來她很確定。」莫莉訥訥地說道。

「也許她只是想聳人聽聞吧。」提姆提出意見。

「有可能，」葛漢醫生說，「我最好親自和她談談。」

有機會親自敘述一遍她的故事，維多利亞難掩心中的得意。

「我可不想找麻煩，」她說，「藥瓶不是我放的，我也不知道是誰放的。」

「但你認為是某個人故意放在那裡的？」葛漢問。

「噢，你知道，醫生，如果它原先不在那裡，那當然是某個人後來放上去的。」

「帕格夫少校有可能把它放在抽屜或公文箱之類的地方。」

維多利亞帶著一臉精明搖搖頭。

「如果他必須天天吃，他不會放在抽屜裡，對吧？」

「確實不會，」葛漢不情不願地承認。「沒錯，因為那種東西他一天得服好幾回。你以前從未見過他吃這種藥或者類似的東西？」

「他以前沒吃過那種藥。我想……有人說那東西和他的死有關，讓他的血中了毒，所以他可能有個仇人把藥放在那裡想害死他。」

「胡說，」醫生大聲說道，「根本是胡說。」

維多利亞的信心似乎動搖了。

「你是說，那東西是種藥，吃了有好處的藥？」她懷疑地問。

「是吃了有好處的藥，而且是非吃不可的藥，」葛漢醫生說，「所以，維多利亞，你別擔心了。我可以向你保證，藥丸沒問題。有那種病的人吃那種藥，正常得很。」

「你幫我卸下了心中的大石頭。」維多利亞說。

她對他露出快樂的笑容，秀出一口潔白的貝齒。

但葛漢醫生心中的大石頭可沒卸下。原本隱隱約約的不安，現在更加成形了。

# 08

# 依瑟‧華特絲的一席話

「這地方大不如前了，」拉菲爾先生注意到瑪波小姐正朝著他和祕書坐的方向走過來，不禁煩躁地說，「走到哪兒都有一些老母雞跟著你。這些老太婆到西印度群島來究竟要做什麼？」

「那你認為她們該去哪裡呢？」依瑟‧華特絲問。

「去喬丁漢、伯恩茅斯、托基[5]，」拉菲爾先生立刻回答。「或是蘭德林多德威爾斯[6]。」

他又建議。「選擇多得是。她們就喜歡那種地方，去那裡她們才能盡興嘛。」

「很多老太太都來不起西印度群島，」依瑟說，「不是每個人都像你一樣好運。」

「說得好，」拉菲爾先生說，「又來觸我痛處了。看看我現在，全身都痛，關節也不靈活，你給過我什麼撫慰？你什麼事也不做……你怎麼還沒把那些信打好？」

「我還沒有時間做。」

「那就快去做，好嗎？我帶你到這裡來是要你做點事，可不是為了讓你躺著曬太陽、炫耀身材。」

有些人或許會認為拉菲爾先生的話簡直不可理喻，不過依瑟．華特絲已為他工作很多年，深知他的牢騷是雷聲大雨點小。因為疼痛和他如影隨形，唱反調便成了他發洩的方法。所以不管他說什麼，她都八風不動。

「天色真美，是吧？」瑪波小姐在他身邊停下腳步。

「怎麼會不美？」拉菲爾先生說，「我們就是為這個來的，不是嗎？」

瑪波小姐輕聲一笑。

「你太嚴肅了……天氣不是英國人標準的社交話題嗎？大家常會忘記……噢，老天，我的毛線拿錯顏色了，」

她把編織袋往桌上一放，快步朝自己的草屋走去。

「傑克遜！」拉菲爾先生大喊。

傑克遜走了出來。

5　喬丁漢（Cheltenham）、伯恩茅斯（Bournemouth）、托基（Torquay）皆為英國西南或南部城市。

6　蘭德林多德威爾斯（Llandrindod Wells），位於英國威爾斯，是溫泉小鎮。

「扶我進去！」拉菲爾先生說，「我現在就要按摩，免得那個愛嚼舌的老母雞又回來。但這可不代表你的按摩讓我受用。」他又補上一句。

剛說完，他就在男伴護的攙扶下站起身，走進他的草屋。

依瑟．華特絲望著他們的背影，才一回頭，就看到瑪波小姐拿著一團毛線走回來，似乎想在她身旁坐下。

「希望我沒有打擾你。」瑪波小姐說。

「當然沒有，」依瑟．華特絲說，「我得去打一些文件，不過我想先坐個十分鐘，欣賞一下夕陽。」

瑪波小姐坐定，開始柔聲聊起天來。她一邊說話，一邊打量著依瑟．華特絲。這女人毫無手采可言，不過如果她試著打扮，可能也會變得很漂亮。瑪波小姐不懂她為什麼不試試。當然，這可能是因為拉菲爾先生不喜歡她打扮，但瑪波小姐認為，拉菲爾先生應該完全不在意。他太看重自己，只要自己沒被忽視，就算他的祕書打扮成天仙下凡，他也不會反對。再說，他常常很早就上床睡覺，到了晚上鋼樂隊演奏和跳舞的時間，依瑟．華特絲很可以——瑪波小姐一面開心聊著她的詹姆斯鎮之旅，心裡一面思索著合適的字眼——啊，對，像花朵般盛放。依瑟．華特絲晚上有的是機會像花朵一樣綻放光芒。

她慢慢將話題轉到傑克遜身上。

談到傑克遜，依瑟．華特絲顯得顧左右而言他。

「他很能幹，」她說，「是個訓練有素的按摩師。」
「我想他跟在拉菲爾先生身邊很久了吧？」
「噢，沒有，才九個月左右吧，我想。」
「他結婚了沒？」瑪波小姐試探地問了一句。
「結婚？我想沒有吧，」依瑟有點吃驚。「至少他沒有跟我提過……沒有，」她接著又說：「我敢說他還沒結婚。」
看她的表情，似乎覺得這問題很好笑。
而瑪波心裡對於這句話的解讀是：「至少他的行為舉止不像是個已婚的男人。」
話說回來，已婚男人舉止不像結過婚的人多得是！瑪波小姐隨隨便便就可以想出一打。
「他長得很帥。」她若有所思地說。
「沒錯……我想他是很帥。」依瑟說，語氣顯得毫無興趣。
瑪波小姐心裡暗忖，她對男人不感興趣嗎？或許一如大家所說，這種女人……一個寡婦，終生只對一個男人有興趣。
她問：「你為拉菲爾先生工作很久了？」
「四、五年吧。我丈夫去世後，我不得不再出來找工作。我女兒還在上學，丈夫也沒留給我什麼遺產。」
「為拉菲爾先生工作一定很不容易吧？」瑪波小姐貿然問了一句。

「其實不見得，只要你了解他就好。他常常大發雷霆，而且說話自相矛盾。我想，他真正的問題是他不喜歡人。他兩年當中換了五個男伴護，因為喜歡找新人出氣。不過他跟我一直處得很好。」

「傑克遜先生這位年輕人似乎很聽話？」

「他很老練，也很機靈，」依瑟說，「當然，有時候他……」她沒說下去。

瑪波小姐想了想。

「處境很為難？」她接下去。

「噢，沒錯，不是被責備這不對，就是那不好。不過，」她露出微笑。「我想他應付得挺好的。」

瑪波小姐再度思索。這些資訊對她沒什麼用。她繼續有一搭沒一搭地聊著，不久就聽到許多四人組的事蹟……熱愛大自然的戴孫夫婦和希林頓夫婦。

「至少這三、四年來，希林頓夫婦每年都會來這裡住上一陣，」依瑟說，「而葛雷．戴孫來得比他們早多了。他對西印度群島非常熟悉。我相信他最開始是和他第一任妻子來到此地。她非常纖弱，每年冬天都得出國或是到暖和的地方去。」

「她死了嗎？還是離婚了？」

「她沒離婚，是死了，我相信就是死在這裡。我不是指這個島，而是西印度群島中的一個島。我聽說還出了點麻煩，有些閒言閒語。他從沒提過她，這些都是別人告訴我的。據我猜想，他們處得並不好。」

「然後他就娶了這個太太，這個叫『好運』的。」（瑪波小姐道出她的名字時略帶不屑，似乎在說：「真是的，怎麼取了個匪夷所思的名字！」）

「據我所知，她是他第一任妻子的親戚。」

「他們和希林頓夫婦以前就相識？」

「噢，他們是在希林頓夫婦來這裡之後才認識的，頂多三、四年。」

「希林頓夫婦看來很和氣，」瑪波小姐說，「當然，也很沉靜。」

「是的，他們倆話都不多。」

「大家都說他們十分恩愛。」瑪波小姐說。

她的語氣似乎不以為然，依瑟．華特絲立刻看向她。

「你不認為嗎？」她說。

「你也不認為，是吧，親愛的？」

「呃，我有時會想……」

「像希林頓上校這樣安靜的男人，對那些愛招蜂引蝶的女人來說很有吸引力。」瑪波小姐說。她故意頓了好一陣，才又開口說道：「好運……這名字真怪。你認為戴孫先生會不會注意到……注意到有什麼不對勁？」

愛嚼舌根的老太婆，依瑟．華特絲心想，這些老女人，真是的！

她冷淡地說：「我不知道。」

瑪波小姐換了個話題。

「可憐的帕格夫少校，真悲慘，你說是吧？」她說。

依瑟．華特絲表示同意，不過似乎有點敷衍。

「我其實很為坎東夫婦難過。」她說。

「沒錯。我想飯店裡出了這種事，實在是運氣不佳。」

「你知道，大家來這裡就是為了享受，對吧？」依瑟說，「就是為了忘記疾病、死亡、所得稅、結凍的水管這些煩心事。大家並不喜歡……」她接著又說，口氣突然一變。「碰到與死亡有關的事。」

瑪波小姐放下手中的針線。

「親愛的，這話說得好，」她說，「說得真好。沒錯，你說得對極了。」

「你知道，他們還很年輕，」依瑟．華特絲繼續說道，「他們六個月前剛從桑德森夫婦手中接下這家飯店，很擔心能否經營成功，因為他們沒什麼經驗。」

「所以，你認為這件事會對他們造成巨大的傷害？」

「噢，不，我看不會。坦白說，」依瑟．華特絲說，「這裡的人在那種『及時行樂，享受為上』的氛圍下，任何事情都不會記得太久。聽到有人死去，我想大家頂多難受個二十四小時，葬禮一結束，便沒有人會再去想它，除非有人提起。我就是這麼對莫莉說的，不過她就是愛操心。」

「坎東太太是個愛操心的人？她看起來總是無憂無慮。」

「我想那多半是裝出來的，」依瑟緩緩說道，「事實上，我認為她是那種有精神焦慮的人，老是擔心會出事。」

「我還以為她先生比她更會操心呢。」

「不，我不認為。我認為愛操心的是她，而且因為她總是擔心這擔心那，所以他也開始擔心，你明白我的意思吧？」

「這倒有趣。」瑪波小姐說。

「我認為莫莉很努力要表現出輕鬆、快樂的模樣。她裝得很賣力，常常因此弄得自己筋疲力盡，所以情緒常會起伏不定。她不太……呃，其實心理不太平衡。」

「可憐的孩子，」瑪波小姐說，「世界上確實是有這種個性的人，而且外人往往看不出來。」

「的確，他們裝得太好了，對吧？不過，」依瑟又說，「我認為莫莉根本無需擔心這件事。我的意思是，這年頭死於冠狀動脈阻塞或是腦溢血的人比比皆是，至少在我看來，這樣死去的人比過去多很多。只有食物中毒、傷寒之類的事，才會把客人嚇跑。」

「帕格夫少校從未告訴我他有高血壓，」瑪波小姐說，「他對你說過嗎？」

「他曾經對某個人說過……我也不知道是誰，可能是拉菲爾先生。我知道拉菲爾先生的說法正好相反，不過他這人就是這樣！傑克遜也跟我提過一次。他說少校飲酒方面應該多留意些。」

「原來如此，」瑪波小姐若有所思地說，「我想你一定覺得他是個令人厭煩的老頭吧？老愛說自己的故事，翻來覆去說了又說。」

「這真是最可怕的事，」依瑟說，「同樣的故事，耳朵聽得都快生繭了，除非你能想辦法趕緊讓他打住。」

「我是不介意，」瑪波小姐說，「因為這事對我來說，早已成了家常便飯。如果有人要講同樣的故事給我聽，我不介意，因為我通常聽過就忘了。」

「原來如此。」依瑟開懷地笑了起來。

「他很愛說一個故事，」瑪波小姐說，「是關於一起謀殺案。我相信他也告訴過你，對吧？」

依瑟．華特絲打開皮包，開始在裡頭翻找。她拿出一管口紅，口中說道：「我想我的口紅掉了。」她又問：「對不起，你剛說什麼？」

「我是說，帕格夫少校有沒有告訴你一個謀殺的故事？」

「我想有吧，現在我想起來了。是說某個人開煤氣自殺，對吧？其實是他的妻子害死了他。我的意思是，她先讓他服了鎮靜劑，然後把他的頭按在煤氣爐上。是這個故事嗎？」

「似乎不太像。」瑪波小姐說。

她若有所思地望著依瑟．華特絲。

「他說過好多故事，」依瑟．華特絲帶著歉意說，「但一如我所說，沒人會注意聽。」

「他有一張照片，」瑪波小姐說，「常常拿給別人看。」

「我想有吧，但我現在記不起來了。他拿給你看過？」

「沒有，」瑪波小姐說，「他沒有拿出來，因為我們的談話被打斷了……」

# 09 玻斯卡小姐和其他人

「我聽到的故事是這樣的。」玻斯卡小姐一面壓低嗓門，一面小心地左顧右盼。瑪波小姐把椅子拉近了些。她等了好久，才得以和玻斯卡小姐做這樣交心的談話。這是因為牧師都有濃厚的家庭觀念，所以玻斯卡小姐隨時都有哥哥陪在身旁，而一有那位善良的牧師在場，瑪波小姐和玻斯卡小姐當然難得好整以暇地大談八卦。

「好像是這樣，」玻斯卡小姐說，「當然了，我不喜歡說別人的醜聞，而我也真的不太清楚。」

「噢，這我懂。」瑪波小姐說。

「好像是他第一任妻子還活著的時候，就有醜聞傳出！這個叫『好運』的女人……什麼名字嘛……聽說是他第一任妻子的表妹，來這裡和他們會合，幫他整理蝴蝶、花卉之類的工作，結果就惹出一堆閒話，因為他們兩個相處得太好了……如果你知道我意思的話。」

「大家對這種事情還真是注意，你說是吧？」瑪波小姐說。
「後來他太太突然病死了……」
「她是死在這裡，就在這個島上？」
「不，不是，我想是在馬提尼克還是多巴哥島。」
「這樣啊。」
「不過，我聽幾個當時在那裡後來又到這個島上的人說，醫生對這個看法並不苟同。」
「真的？」瑪波小姐說，口氣透著濃厚興趣。
「當然，這些只是傳言。不過，戴孫先生確實很快又結了婚，」她再度壓低嗓門。「我想只隔了一個月。」
「只有一個月……」瑪波小姐說。
兩個女人對望一眼。
「這似乎有點……無情。」玻斯卡小姐說。
「是啊，」瑪波小姐說，「確實。」她技巧性地又問了一句：「和錢有關嗎？」
「我不大清楚，他很愛開那句玩笑……你大概也聽過，他說他太太是他的幸運符。」
「對，我聽過。」瑪波小姐說。
「有人認為那句話的意思是，他很好運，娶了個有錢太太，不過，當然，」玻斯卡小姐說，那神情彷彿自己說的是公正客觀之論。「她長得也很漂亮，如果你喜歡那種類型的話。

我個人認為，有錢的是他第一個太太。」

「希林頓夫婦也很有錢嗎？」

「呃，我想他們是有點錢，但不是闊綽，只是還算過得去。他們兩個兒子都讀私立中學，在英國有一塊很好的土地，冬季也常出外旅行。」

牧師這時走過來，提議妹妹去散步，玻斯卡小姐站起身，隨哥哥走遠了。瑪波小姐依然坐在原位。

幾分鐘之後，葛雷．戴孫大步從她身旁經過，朝著飯店方向走去，經過時還開心地揮了揮手。

「你在想什麼？」他朝她喊道。

瑪波小姐面露微笑，心想如果她回答「我在想你是不是一個殺人凶手」，不知他會做何反應。

他很可能真是個殺人凶手。一切是如此吻合。他的第一任妻子猝死……帕格夫少校說的正是一個謀害妻子的凶手，還特別提到「新婚女子在洗澡時溺斃」那樁案子。

是的，非常吻合，唯一的問題是，它未免太吻合了。瑪波小姐立刻感到自責……她哪有資格為殺人凶手訂立標準呢？

一個聲音嚇得她差點跳起來。那聲音頗為嘶啞。

「看見葛雷了嗎，瑪……小姐？」

瑪波小姐心想，好運今天的心情看來不大好。

「他才經過，朝飯店那邊去了。」

「我就知道！」好運沒好氣地喊了一聲，匆忙追趕過去。

瑪波小姐心想，起碼有四十了吧，一眼就看出來了。

一股憐憫湧上她心頭。她為全世界所有的「好運」感到悲哀……歲月不饒人哪。

緊接著，身後又傳來一個聲音，她整個人連椅子朝後一轉身。

在傑克遜的攙扶下，拉菲爾先生從他的草屋裡出來了。

傑克遜將他的主人安置在輪椅內，殷勤地左右侍候著。拉菲爾先生不耐煩地擺擺手將他支開，傑克遜於是朝著飯店的方向走去。

瑪波小姐沒有浪費時間……拉菲爾先生很少獨自一人，說不定依瑟．華特絲馬上就會走過來陪他。瑪波小姐一直就想和拉菲爾先生單獨談幾句，現在機會正好。她想，她得開門見山，不能有什麼開場白。拉菲爾先生一定不喜歡老太婆式的閒聊，說不定他會認為自己受到了迫害，逃回屋裡。瑪波小姐決定直截了當，直搗黃龍。

她朝他的坐處走去，拉了一張椅子一屁股坐下，開口就說：「我想問你一件事，拉菲爾先生。」

「好，好，」拉菲爾先生說，「有話快說。你要我捐款，對吧？是非洲賑災、修繕教堂，還是什麼？」

「是喔，」瑪波小姐說，「我對這種事確實很關心，而如果你願意捐款，我會非常高興。不過，我想問的不是這個。我要問的是，帕格夫少校有沒有告訴過你一個謀殺的故事。」

「噢，」拉菲爾先生說，「他也告訴過你，對吧？我想你是徹頭徹尾相信了吧。」

「我不知道我該不該相信，」瑪波小姐說，「他是怎麼跟你說的？」

「他根本是胡扯，」拉菲爾先生說，「他說她是個美麗的尤物，有如仙女下凡，年輕、漂亮、金髮，一切條件應有盡有。」

「噢，」瑪波小姐有點吃驚。「她謀殺了什麼人？」

「當然是她丈夫，」拉菲爾先生說，「不然還會是誰？」

「下毒嗎？」

「不是。我想她是讓他喝了安眠藥，然後把他的腦袋塞進煤氣爐……聰明的女人。然後她謊稱他是自殺，輕易就脫了身，只要承擔疏忽之類的輕微刑責。這就是當今所謂的漂亮女人……或是被媽媽寵壞的嬌嬌女，呸！」

「少校有沒有拿一張照片給你看？」

「什麼？那女人的照片？沒有。他為什麼要拿給我看？」

「噢……」瑪波小姐說。

她就這麼坐著，心中甚是震驚。顯而易見，帕格夫少校平常不只告訴別人他射獵老虎大象的事蹟，還常提起他遇見過的殺人凶手。說不定他有一肚子的謀殺故事。你得面對這個事實……

她突然被拉菲爾先生大吼「傑克遜！」的聲音給嚇了一跳，不過對方沒有回應。

「要不要我幫你去找他？」瑪波小姐一面站起身，一面說道。

「你找不到的。又像野貓一樣不知鑽到哪裡去了，他就是這種人。那傢伙不是好人，品德很差，不過配我正好。」

「我去找他來。」瑪波小姐說。

瑪波小姐發現，傑克遜正坐在飯店露台遠處和提姆·坎東喝酒。

「拉菲爾先生在找你。」她說。

傑克遜扮了個鬼臉，將杯中的酒一飲而盡後站起身。

「又來了，」他說，「片刻不得安寧。打兩個電話，訂一份特製午餐，我以為這個藉口能讓我休息個十五分鐘，但顯然不能！謝謝你，瑪波小姐。也謝謝你的酒，坎東先生。」

他慢慢踱開。

「我真同情那傢伙，」提姆說，「我偶爾會請他喝杯酒，鼓勵鼓勵他。你想喝點什麼嗎，瑪波小姐？來杯新鮮檸檬汁如何？我知道你喜歡檸檬汁。」

「現在不要，謝謝你。我想，照顧拉菲爾先生這樣的人一定很吃力。病弱的人總是很難侍候……」

「我同情他，倒不是因為這個原因。他薪水很優渥，早該料到自己得忍受許多稀奇古怪的要求，再說，拉菲爾先生人並不壞。我的意思是……」他猶豫著沒說下去。

瑪波小姐帶著詢問的眼光看著他。

「呃，這怎麼說呢……他在人際交往方面有點困難。人們都勢利得很，而這裡又沒有和他同一階層的人。他比僕人的地位要高一些，可是又比不上普通客人……至少大家都這麼看待他，他有點像維多利亞時代的管家。即使是那個女祕書，華特絲太太，也自覺高他一等，所以他的處境很尷尬。」提姆頓了頓又說，語氣充滿感慨。「在這種地方，社交上的問題可真是複雜。」

葛漢醫生手裡拿著一本書，從他們身邊走過。他在一張面對大海的桌子坐下。

「葛漢醫生似乎有心事。」瑪波小姐說。

「噢，每個人都有心事。」

「你也有心事？是因為帕格夫少校的死？」

「我已經不想那個了。大家好像忘了那回事，一切都已恢復正常。不是，是因為我太太莫莉。你對夢可有什麼了解？」

「夢？」瑪波小姐吃了一驚。

「對，噩夢、夢魘之類的。噢，當然，我們偶爾都會做噩夢。不過莫莉……她好像每天都會做，所以她很害怕。不知道有沒有辦法可想，或有藥方可治？她也吃過安眠藥，但是她說結果更糟……她掙扎著想醒來，可是醒不過來。」

「她都做些什麼夢？」

「噢，總有什麼人或什麼東西在追她、監視她或窺伺她之類的，甚至醒來後也擺脫不了這種感覺。」

「我相信醫生一定可以……」

「她討厭看醫生，我連說都不能說。噢，我想一切都會過去的。只是，以前我們多麼快樂，多麼開心，而現在，就是最近，也許是老帕格夫先生的死讓她太難過，她好像變了一個人……」他站起身。「我得去工作了……你真的不要來杯檸檬汁？」

瑪波小姐搖搖頭。

她靜靜坐著，深自思索，一臉的凝重和憂心。

她朝遠處的葛漢醫生望了一眼。

她立刻做了個決定。

她站起身，走到他的桌旁。

「我得向你道歉，葛漢醫生。」她說。

「是嗎？」

醫生望著她的眼神帶著驚訝，不過依然友善。他拉近一張椅子，請她坐下。

「恐怕我做了一件非常可恥的事，」瑪波小姐說，「葛漢醫生，我對你說了謊話。」

她帶著憂慮的神情看著他。

葛漢醫生依然從容，不過確實有點意外。

「真的？」他說，「呃，你也不必太在意。」

他心裡暗忖，這老太太究竟對他說了什麼謊話呢？是她的年齡嗎？但就他記憶所及，她從未提過她幾歲。

「好吧，你就說來讓我聽聽。」他說，心想她既然主動坦承，顯然是有意告解。

「你還記得我對你說過，我掉了我外甥照片的事嗎？我說我拿給帕格夫少校看，而他沒還給我？」

「記得，我當然記得。很抱歉我們沒能找到還給你。」

「其實沒這回事。」瑪波小姐怯怯地說。

「你說什麼？」

「根本沒有這回事。那是我自己編造的。」

「你編造的？」葛漢醫生似乎有點動氣。「為什麼？」

瑪波小姐把原委告訴了他。她直截了當地說明，毫不拐彎抹角。她將帕格夫少校所說的謀殺故事敘述了一遍，描述他在準備讓她看照片的那一瞬間突然一陣驚惶；她又繼續道出自己的疑慮，及為何最後決定要一探究竟。

「除了對你說謊，我真的別無他途，」她說，「希望你能原諒我。」

「你認為他打算拿給你看的照片就是凶手的照片？」

「他是這麼說的，」瑪波小姐說，「至少給他照片的那個朋友說，那人就是凶手。」

「話是沒錯，可是恕我這麼問……你相信他嗎？」

「我也不知道當時我是不是相信他，」瑪波小姐說，「不過，你知道的，第二天他就死了。」

「是的……」

葛漢醫生說，突然意識到那句話的嚴重性。第二天他就死了……

「而且那張照片不見了。」瑪波說。

葛漢醫生望著她，不知該說什麼好。

「瑪波小姐，請恕我冒犯，」他終於開口。「你現在告訴我的……是真話吧？」

「我不怪你懷疑我，」瑪波小姐說，「換作是我，也會懷疑。是的，這回我說的是真話，當然我也知道口說無憑。不過，即使你不相信我，我想我也該告訴你。」

「為什麼？」

「我相信你應該會將所有的資料蒐集齊全，以備……」

「以備什麼？」

「以備採取行動時可用。」

# 10 詹姆斯鎮官方的決定

葛漢醫生坐在詹姆斯鎮的行政辦公室，桌子對面坐的是他的朋友達文崔，一個三十五歲、個性嚴肅的年輕人。

「葛漢，你在電話裡說得神祕兮兮的，」達文崔說，「這件案子有什麼特別的嗎？」

「我不知道，」葛漢醫生說，「不過我很擔心。」

達文崔盯著醫生的臉。這時酒正好送上來，他點點頭，隨意談起他最近去釣魚的事。送酒的人退下後，他往椅背上一靠，目光又盯在醫生臉上。

「好吧，」他說，「說說看。」

葛漢醫生道出他憂慮之事，達文崔吹了聲口哨。

「原來如此。你認為老帕格夫的死大有蹊蹺？你現在不確定那是自然死亡？是誰出具死亡證明的？我想是羅伯遜。他倒是非常篤定，對吧？」

「對，不過我想他出具的死亡證明，很可能受了浴室裡有什諾奈這件事的影響。他問過我，帕格夫可曾提起他有精神緊張的毛病，我說沒有，我從未和他聊過健康方面的話題，不過他顯然和飯店的其他人談過。這一切——什諾奈以及帕格夫自己告訴別人的病情——都很吻合，沒有懷疑的餘地。他當初做出這樣的死亡判斷極其自然，只是現在看來可能並不正確。換成由我來出具死亡證明，我也會和他一樣，毫不遲疑。事情的表象和他的死因都很契合。要不是那張照片不見了，我絕對不會懷疑……」

「不過，葛漢，」達文崔說，「恕我這麼說……你是不是過於相信一個老太太的信口開河了？你應該了解這些老太太，她們通常很會誇大其詞、無中生有。」

「是，我知道，」葛漢醫生說，狀甚不悅。「這我知道。我自己也想過，或許就是這麼回事，這很可能。可是，我無法說服自己。那位老太太說得頭頭是道，條理分明。」

「這整件事在我看來有如天馬行空，」達文崔說，「一個老太太說了個故事，是關於一張不該出現的照片……不對，我都被搞糊塗了，我說的正好相反，對吧？你唯一的證據是：女傭說官方賴以為證的那個藥瓶在少校死去的前一天並不在他房裡。不過這可以有上百個理由，說不定他一直把藥隨身帶在口袋裡。」

「沒錯，我想這有可能。」

「也或許是那個女傭弄錯了，她先前根本沒注意到那個藥瓶……」

「這也有可能。」

「這不就結了？」

葛漢緩緩說道：「可是那女孩言之鑿鑿。」

「噢，聖哈諾島上的人都很容易激動，你知道，他們感情豐富，動輒大驚小怪。你認為她會不會還有些話沒說？」

「我想有可能。」葛漢醫生緩緩地說。

「如果是這樣，你最好想辦法讓她說出來。除非有確鑿的證據，否則我們不想小題大做。如果他不是死於高血壓，你認為死因會是什麼？」

「這年頭致死的原因太多了。」葛漢醫生說。

「你的意思是，不留痕跡的做案手法太多？」

「下毒的人再怎麼樣也做不到天衣無縫。」葛漢醫生說。

「我們把話說清楚……你到底在暗示什麼？你是說那瓶藥丸被人換成了毒藥？帕格夫少校是被毒死的？」

「不，我不是這個意思。這是那個叫維多利亞的女孩說的，只不過她想錯了。如果有人要快速地除掉少校，他會先讓他服下一些東西……很可能是放在飲料裡，接著在他房裡放上一瓶治療高血壓的藥，好讓死因看似自然死亡，之後再到處放風聲，說他患有高血壓。」

「這話是誰傳出來的？」

「我也努力查過，可是找不出來。這人散播謠言的手法很高明。甲說：『我想是乙告訴我的。』問乙，乙說：『不是我，我沒這麼說，不過我記得丙有天說過。』而丙又說：『好幾個人都這麼說，我想甲就說過。』就這樣，最後我又回到了原點。」

「是個很狡猾的人在散播傳言？」

「對。發現少校死了，大家突然開始大談他的高血壓，而且都是重複別人的話。」

「直接毒死他不是更簡單？」

「不見得。那樣做很可能會引起官方調查，說不定要驗屍。像剛才說的那樣，醫生就會認定是自然死亡而出具死亡證明書……而事實也是如此。」

「你希望我做什麼？去司法局建議他們開棺驗屍？這會引起許多反彈……」

「我們可以悄悄進行。」

「可能嗎，在聖哈諾島？想想吧，我們還沒動手，謠言就滿天飛了。不管怎樣，」達文崔嘆了口氣。「我們得想點辦法。不過，如果你問我，我會說這根本是無中生有！」

「這是我由衷的願望。」葛漢醫生說。

# 11 金棕櫚飯店的夜晚

莫莉將餐廳幾張桌子的擺設重新排了一遍。她拿掉一支多餘的餐刀，擺正叉子，重新排好一兩個酒杯，退後一步看看效果如何，接著她走到露天陽台。露台上半個人也沒有。她信步走到遠處角落，在欄杆旁站定。另一個夜晚即將降臨。談笑風生、飲酒作樂、無憂無慮，這一直是她嚮往的生活，直到幾天前她還樂在其中。而現在，連提姆都感到焦慮和憂心。他憂心也是很自然，他們這筆投資會不會成功事關緊要，畢竟，他已將所有心血投注在上頭。

不過，莫莉想，他真正憂心的不是這個，他擔心的是我。我不懂他為什麼要為我擔心，不過他確實憂心忡忡，這點她很肯定……他問的問題，以及時不時掃過來的緊張目光。可是，為什麼呢，莫莉心想，我不是一直都很小心嗎？她努力回想。其實她自己也不明白。她不記得是什麼時候開始的，甚至不確定是怎麼回事……總之她開始害怕人，連自己也不知為什麼。他們能對她怎麼樣呢？而他們又為什麼要對付她？

她不自覺地點點頭，突然一隻手碰了碰她的臂膀，把她嚇了一大跳。她霍地轉身，發現是葛雷．戴孫。他似乎有點吃驚，因此面帶歉意看著她。

「真是對不起。我嚇到你了嗎，小姑娘？」

莫莉不喜歡人家叫她「小姑娘」。但她還是立刻帶著笑臉回答：「我沒聽見你過來，戴孫先生，所以嚇了一跳。」

「『戴孫先生』？今天晚上怎麼這麼正經八百？我們在這裡不是一個快樂的大家庭嗎？愛德華、我、好運、伊芙琳、你、提姆、依瑟．華特絲和拉菲爾老先生，我們都是快樂的一家人。」

莫莉心想，他喝多了。她臉上依然帶著愉快的笑容。

「噢，有時候我這個女主人是太嚴肅了點，」她故作輕鬆地說，「我和提姆認為，隨便叫別人的名字比較不禮貌。」

「噢，我們可不必那麼拘束。來吧，可愛的莫莉，過來和我喝杯酒。」

「晚一點再說吧，」莫莉說，「我現在還有幾件事要辦。」

「你可別想開溜，」他挽住她的手臂。「你是個可愛的女孩，莫莉，希望提姆知道他多有福氣。」

「噢，我會讓他知道。」莫莉開心地說。

「我想我會迷上你，你知道，深深地迷上你，」他斜覷她一眼。「雖然我不希望我太太聽見我這麼說。」

「今天下午你們出外玩得開心嗎？」

「我想還不錯吧。老實跟你說，有時候我真有點厭倦了。那些鳥兒、蝴蝶看久了也會膩的。哪天我們一起去野餐，就我們兩個，你說怎麼樣？」

「再說吧，」莫莉笑吟吟地說，「我會盼著那一天。」

她輕笑一聲掙脫了他，回到酒吧。

「哈囉，莫莉，」提姆說，「你好像很匆忙。你剛才跟誰在外頭？」

他朝露台瞄了一眼。

「葛雷．戴孫。」

「他要做什麼？」

「他想占我便宜。」莫莉說。

「混蛋。」提姆說。

「別擔心，」莫莉說，「必要時我也不是好惹的。」

提姆正待回答，一眼瞥見費南多一面高聲發號施令，一面朝他走來。莫莉穿過廚房溜了出去，踏下階梯走向海灘。

葛雷．戴孫低聲罵了句粗話，慢慢走回他的草屋。接近住處時，樹叢暗影下傳出一個人說話的聲音。他嚇了一跳，轉過頭去。在漸沉的暮色下，一開始他還以為是個鬼魂站在那裡，接著他不禁笑出聲來。那人影之所以看來像個沒有臉的幽魂，是因為那人身穿白衣，而且整張臉是黑的。

維多利亞從樹叢中走出來。

「戴孫先生，請等一下。」

「什麼事？」

他因為自己被嚇了一跳而有點羞惱，說話的口氣透著不耐煩。

「我把這個給你找來了，先生，」她伸出一隻手，手中是一瓶藥。「這是你的，對吧？」

「噢，我的什諾奈，沒錯，是我的。你在哪裡找到的？」

「我在它被刻意放進去的地方找到的。在那位先生的房裡。」

「你這是什麼意思……那位先生的房裡？」

「那位死了的先生，」她陰沉地說，「我想他一定死不瞑目。」

「為什麼？」戴孫問。

維多利亞光是站著死盯著他。他說：「我沒聽懂你的話。你是說，這瓶藥是你在帕格夫少校房裡找到的？」

「是的。醫生和詹姆斯鎮的人離開之後，他們要我把浴室裡所有的東西都扔掉。包括牙膏、刮鬍水，以及好多其他東西……還有這個。」

「噢，那你為什麼不把它扔掉呢？」

「因為這是你的，你把它弄丟了。你還記得你曾經問過我？」

「對，呃，沒錯，我是問過。我……我想我大概放錯了地方。」

「不，不是你放錯地方。這瓶藥是有人從你房裡拿出來，放到帕格夫少校的房間。」

「你怎麼知道？」他問，語帶粗暴。

「我知道，因為我看到了，」她突然對他露齒一笑。「有人把這瓶藥放在那個死去的先生房裡。現在，我替你拿了回來。」

「喂，等一下，你這是什麼意思？你……你看到了什麼？」

她快步離去，再度隱沒於黑暗的樹叢裡。葛雷正待追去，隨即停下腳步。他站在原地，一面摩挲著下巴一面沉思。

「你怎麼了，葛雷，見鬼啦？」戴孫太太沿著小徑從草屋裡走出來，嘴裡問道。

「剛才我還真以為我見到鬼了。」

「你剛才在跟誰說話？」

「那個打掃我們房間的黑人女孩，她叫維多利亞，對吧？」

「她要做什麼？想勾引你？」

「別傻了，好運。那女孩有些奇怪的傻念頭。」

「什麼念頭？」

「你還記得，前幾天我找不到我那瓶什諾奈？」

「你說你找不到。」

「『你說你找不到』，你這是什麼意思？」

「噢，老天，你是不是凡事都得找我的碴不可？」

「對不起，」葛雷說，「現在每個人都變得很怪，」他伸出握著藥瓶的手。「那女孩替我拿回來了。」

「是她偷的？」

「不是。她……我想她是在什麼地方找到的。」

「所以呢？這有什麼好神祕的？」

「噢，沒什麼，」葛雷說，「只是她讓我生氣，就這樣。」

「算了，葛雷，這點事有什麼好氣的？來吧，趁吃晚餐前我們去喝杯酒。」

§

莫莉來到海灘。她拉出一張少有人用的舊帆布椅，面對海坐著看了一陣。突然，她把頭埋進雙手，淚水奪眶而出。她就這麼坐著痛快地哭了好一會。接著她聽到身旁一陣窸窣聲，猛地抬起頭來，看到希林頓太太正注視著她。

「嗨，伊芙琳，我沒聽見你走過來。很……很抱歉。」

「怎麼了，孩子？」伊芙琳說，「出了什麼事？」她拉了張椅子坐下。「告訴我。」

「沒什麼，」莫莉說，「真的沒什麼。」

「一定有，你不會無緣無故痛哭的。不能告訴我嗎？是不是你和提姆之間有了麻煩？」

「噢，不是。」

「那就好。你們看起來那麼相愛。」

「但也比不上你們，」莫莉說，「我和提姆常想，你和愛德華結婚這麼多年還是這麼恩愛，真好。」

「噢，這個啊。」

伊芙琳說，聲音變得尖刻，不過莫莉沒注意到。

「人在一起總會產生摩擦，」莫莉說，「也會起爭執。即使兩人深愛對方，也會不顧外人在場地大吵特吵。」

「有人就喜歡這樣，」伊芙琳說，「這其實也沒什麼。」

「可是我覺得這樣很可怕。」

「其實我也這麼想。」伊芙琳說。

「可是，看看你和愛德華……」

「噢，不可以了，莫莉，我不能讓你再這麼想下去。愛德華和我……」她頓了頓。「如果你真想知道……其實我們私底下已經三年沒說過話了。」

「什麼！」莫莉瞪著她，一臉驚駭。「我……我不相信。」

「噢，我們都偽裝得很好，」伊芙琳說，「我們不是愛在大庭廣眾面前吵架的人，再說，也沒什麼可吵的。」

「可是，怎麼會這樣呢？」莫莉問。

「還不是老問題。」

「你說老問題是什麼意思？難道他另有……」

「是的，他另有女人。我想你不難猜出那女人是誰。」

「你是說戴孫太太，好運？」

伊芙琳點點頭。

「我知道他們常在一起打情罵俏，」莫莉說，「但我想那只是……」

「只是興之所至？」伊芙琳說，「沒有任何曖昧？」

「可是為什麼……」莫莉頓了頓。「可是你為什麼沒有……噢，或許我不該問。」

「想問什麼就問吧，」伊芙琳說，「我已經厭倦了，厭倦做一個從不抱怨、教養良好的快樂妻子。愛德華已經被好運迷昏了頭，而且竟然笨到自己跑來告訴我。我想，他這樣是想讓自己心裡好過些。他只知道該說真話、該誠實什麼的，卻沒想到說真話並不會讓我也覺得好過。」

「他想離開你？」

伊芙琳搖搖頭。

「你知道，我們有兩個孩子，」她說，「我們都愛孩子。他們在英國上學。我們不願意讓家庭破裂。當然，好運也不想離婚。葛雷很有錢，他第一任妻子留給他一大筆錢。所以我們達成協議，井水不犯河水……愛德華和好運繼續不道德地快樂下去，葛雷裝作渾然不知，而我和愛德華只是好朋友。」她的語氣充滿怨苦。

「你……你怎麼忍受得了？」

「總會習慣的。不過，有時候……」

「怎麼樣？」莫莉說。

「有時候我真想殺了那女人。」

她話中的憤恨令莫莉不寒而慄。

「別再談我了，」伊芙琳說，「談談你吧。我想知道出了什麼事。」

莫莉沉默半晌，這才說道：「我只是……我只是覺得自己有點不對勁。」

「不對勁？你是什麼意思？」

莫莉幽幽地搖搖頭。

「我害怕，」她說，「我非常害怕。」

「怕什麼？」

「什麼都怕，」莫莉說，「這種恐懼與日俱增。樹叢裡的聲音、腳步聲，甚至別人說的話。就好像有人在監視我、窺探我。有人在恨我，我一直有這種感覺，有人怨恨我。」

「可憐的孩子，」伊芙琳顯得十分訝異。「這種情形有多久了？」

「我也不知道，是一點一滴慢慢開始的。還有一些別的事情。」

「什麼樣的事？」

「有時候，」莫莉遲疑地說，「我迷迷糊糊的，什麼也記不起來。」

「你是說腦子一片空白之類的？」

「大概是吧。我的意思是，有時候……例如到了五點，我已經完全記不得一點半或兩點之後發生了什麼事。」

「噢，親愛的，你可能是睡著了或者在打盹。」

「不是，」莫莉說，「完全不是，因為我非常清楚我沒打盹。我彷彿置身於另一個地方，有時候穿著不一樣的衣服，還做了一些事，甚至和別人說過話，可是我又不記得我做過了什麼。」

伊芙琳狀甚驚愕。

「莫莉，親愛的，如果真是這樣，你應該去看醫生。」

「我不想看醫生！我不要，我連走近醫生都不願意。」

伊芙琳仔細盯著她的臉，接著握住她的手。

「莫莉，你的恐懼很可能是無中生有。你知道，神經衰弱有許多種，有些一點也不嚴重，醫生很快就會讓你恢復正常。」
「也可能不會。他可能會說我真的有毛病。」
「你怎麼會有毛病呢？」
「因為……」莫莉欲言又止。「我也不知道。」她說。
「你的家人，母親、姐妹或什麼親人，能不能到這裡來呢？」
「我跟我媽處得不好，一直都不好。我有幾個姐妹，都已經嫁人，不過，我想如果我要她們來，她們會過來的。可是我不需要她們。我不需要任何人……除了提姆。」
「提姆知道這件事嗎？你跟他說過吧？」
「沒有，」莫莉說，「不過他很為我擔心，而且一直在觀察我，也一直在設法幫我或保護我。可是如果真是這樣，那就表示我需要保護，對吧？」
「我想，這多半是你的幻覺，不過我仍然認為你應該去看醫生。」
「去看葛漢那個老醫生？不會有用的。」
「這島上還有別的醫生。」
「我真的沒什麼，」莫莉說，「只要別去想它就好。我想，這一切就如你所說，都是幻覺。天啊，已經這麼晚了。我現在早該在餐廳裡忙了。我……我得走了。」
她幾近無禮地對伊芙琳．希林頓迅速看了一眼，隨即匆匆走開。伊芙琳目送著她的背影離去。

# 12

# 古老罪惡的陰影

「這次可讓我逮著機會了，男人。」

「你說什麼，維多利亞？」

「我想這次可讓我逮住機會了。這可能代表一筆財富，一大筆錢。」

「我說，小女孩，你得小心點，別把自己攪進去。還是讓我來對付吧。」

維多利亞放聲大笑。

「等著瞧吧，」她說，「我知道該怎麼做。這是錢哪，一大筆錢。我看到一些事，我猜測一些事。不過我想我猜的沒錯。」

§

清脆的笑聲再度迴盪在暗夜裡。

「伊芙琳……」

「什麼事？」

伊芙琳．希林頓機械似地應道，毫無興致，她連正眼也沒看丈夫。

「伊芙琳，我們就玩到這裡，回英國去好不好？」

伊芙琳正梳著黑色短髮的手霍地放下，她轉過身來。

「你的意思是……可是我們才剛來，我們在這裡還不到三個星期。」

「我知道。你不願意嗎？」

她狐疑的眼神梭巡著他的臉。

「你真的想回英國？回家去？」

「是的。」

「離開……好運？」

他躲開她的眼睛。

「我想，你對我們兩個……一直心知肚明？」

「沒錯，我很清楚。」

「可是你一句話也沒說。」

「我何必要說？我們幾年前就說好了。我們誰也不願讓家庭破裂，所以同意各走各的路，只是在大庭廣眾前還要做做樣子。」他還沒來得及開口，她又說：「可是，你為什麼現在那麼急著想回英國呢？」

「因為我快崩潰了。我再也受不了了，伊芙琳，我受不了。」沉靜的愛德華．希林頓好像變了個人。他雙手發抖，喉結顫動，一向平靜無表情的臉，似乎被痛苦扭曲得變了形。

「看在上帝的分上，愛德華，出了什麼事？」

「沒什麼，我只想離開這裡……」

「你曾經瘋狂地愛上好運，現在冷卻下來了。你是要告訴我這個？」

「是的。我想你對我的感情一定也變了。」

「噢，我們先別提那個！愛德華，我想知道你為什麼這麼心神不寧。」

「我並沒有心神不寧。」

「你明明就是。為什麼？」

「原因不是很明顯嗎？」

「不，並不明顯，」伊芙琳說，「我們把話挑明了說吧。你和別的女人有私情，這在你來說是家常便飯。現在，事情結束了。真的結束了嗎？也許她那邊還不願結束。是這樣吧？葛雷知道嗎？我常常想到這個問題。」

「我不知道，」愛德華說，「他從來沒說過什麼，總是表現得非常友善。」

「男人有時候真是蠢鈍到家了，」伊芙琳若有所思地說，「要不然就是……葛雷自己也有新歡。」

「他打過你的主意，對吧？」愛德華說，「回答我，我知道他……」

「噢，沒錯，」伊芙琳漫不經心地說，「不過他誰的主意都打，葛雷就是這種人。這根本不代表什麼，不過是葛雷的風流成性使然。」

「你愛他嗎，伊芙琳？我要聽真話。」

「葛雷？我很喜歡他……他能逗我開心，是個好朋友。」

「僅此而已？但願我能相信你。」

「我實在看不出這和你有什麼關係。」伊芙琳語帶嘲諷地說道。

「我想我是活該。」

伊芙琳走向窗戶，目光穿越前廊遠望一陣，又走了回來。

「我希望你能告訴我，你到底為什麼心神不寧。」

「我告訴你了。」

「我不信。」

「我想你不會了解的，在一陣短暫的癡狂後，再回頭看看那段日子，真覺得有夠荒唐。」

「我想我可以試著去了解。不過我現在擔心的是，好運似乎把你吃得死死的。她可不是個說甩就能甩掉的情婦。她是一隻張牙舞爪的母老虎。你必須告訴我真相，愛德華。如果你希望我幫你，這是唯一的辦法。」

愛德華低聲說道：「如果我不趕緊離開她……我會殺了她。」

「殺好運？為什麼？」

「因為她逼我……」

「她逼你做了什麼？」

「我幫她殺了人……」

此話一出口，房裡立刻一片死寂。伊芙琳無法置信地瞪著他。

「你知道你在說什麼嗎？」

「知道，不過當時我並不知情。她要我幫她買點東西……去一家藥局。我那時候並不知道……我根本不知道她要那些東西做什麼。她故意要我抄下一張處方箋……」

「這是什麼時候的事？」

「四年前，當時我們在馬提尼克島。當時，當時葛雷的妻子……」

「你的意思是，葛雷的第一任妻子蓋兒？你是說好運害死了她？」

「是的，而我是幫凶。等我領悟到……」

伊芙琳打斷了他。

「當你覺悟到事情的來龍去脈，好運就說處方箋是你寫的，藥也是你買的，你跟她都有份，是不是這樣？」

「是的。她說她這樣做是出於同情……蓋兒很痛苦，她要求好運幫她做個了結。」

「好慈悲的殺人凶手！原來如此。而你相信了她？」

愛德華．希林頓沉默了半晌，這才說道：「不，其實我並不全信。我之所以接受她的說法，是因為我想相信……那時候我已經被她迷住了。」

「後來她嫁給了葛雷，而你還相信她？」

「我一直逼自己相信。」

「葛雷……他知道多少？」

「一無所知。」

「太不可思議了！」

愛德華．希林頓爆發了。

「伊芙琳，我非擺脫這一切不可。那女人直到現在還在拿那件事嘲弄我。她知道我已經不再愛她。愛她？我已經開始恨她了。可是她讓我覺得我受制於她，因為我們共同做了那件事……」

伊芙琳在房裡走來走去，突然停下腳步轉身面對他。

「愛德華，你的問題在於你軟弱到極點，而且毫無主見。那陰險的女人就是利用你的罪惡感才把你吃得死死的。用聖經裡的罪行來說，你的罪惡感是基於你的通姦，而不是謀殺……你先是因為和好運通姦而深感內疚，後來她又用她的謀殺計畫把你抓牢，讓你覺得你跟她是共犯。其實你不是。」

「伊芙琳……」他向前幾步。

而她退後幾步，狐疑的眼神在他臉上梭巡。

「這是真的嗎，愛德華？還是你編出來的？」

「伊芙琳！我為什麼要編這種故事？」

「我不知道，」伊芙琳．希林頓緩緩地說，「可能是因為我已很難相信任何人，也因為……噢，我也不知道。我想我已經不知道什麼是真、什麼是假了。」

「我們把這一切做個了斷，回英國老家去。」

「好，我們回去，不過不是現在。」

「為什麼？」

「我們必須裝作一如往常……至少目前要這樣。這很重要，你懂嗎，愛德華？別讓好運察覺到我們的計畫……」

# 13 維多利亞．強生退場

這一夜已接近尾聲，鋼樂隊的演奏終於放緩下來。提姆站在餐廳旁望著露台，順便將幾張已空下的餐桌燈捻熄。

他身後響起一個聲音。

「提姆，我能和你說幾句話嗎？」

提姆．坎東嚇了一跳。

「嗨，伊芙琳，有什麼事我能效勞嗎？」

伊芙琳四下望望。

「你過來這裡，我們坐一會。」

她把他帶到露台盡頭的一張桌子旁，周圍沒有別人。

「提姆，你得原諒我跟你說這些，不過我很擔心莫莉。」

他的臉色一變。

「莫莉怎麼了？」他冷冷地說。

「我覺得她情況不太好。她似乎很不安。」

「最近她確實很容易煩躁。」

「她應該去看醫生，我想。」

「是的，我知道，可是她不願意去。她討厭看醫生。」

「為什麼？」

「呃？你說什麼？」

「我是問為什麼？她為什麼討厭看醫生？」

「噢，」提姆語焉不詳地說，「人有時候就是這樣，你知道，怕自己真的有什麼毛病。」

「你自己也很擔心她，對吧，提姆？」

「對，我很擔心。」

「她有家人能來照顧她嗎？」

「沒有。讓她們來，會把事情弄得更糟、更麻煩。」

「到底出了什麼事……我是指她和家人之間？」

「噢，無非是一些家務事。我想她只是精神緊張。她和他們處得不好，尤其是她媽媽，她們一向合不來。他們……她的家人有些地方很奇怪，她和他們的關係也很疏遠。我認為這樣倒好。」

伊芙琳遲疑地說：「她告訴我，她常會覺得腦裡一片空白，而且害怕別人。這幾乎是種被害妄想症了。」

「你怎麼這麼說，」提姆憤憤地說，「被害妄想症！大家就愛說別人有妄想症，只因為她……呃，也許她有點神經質吧，大老遠來到西印度群島，到處都是黑色的面孔。你知道，外人有時候對西印度群島的土著和有色人種會抱持異樣的眼光。」

「可是莫莉這樣的女孩還不至於吧？」

「噢，我們怎麼知道別人在怕什麼，有些人屋裡絕不能有貓，有些人掉個毛蟲在身上也會嚇昏。」

「我不想這麼說，不過你覺不覺得她該去看看……心理醫生？」

「不！」提姆怒吼道，「我不願意讓那些人來折磨她，我不相信他們。他們只會愈弄愈糟。當初要不是她媽媽去看心理醫生……」

「原來是她家人的問題，對吧？我的意思是……」她斟酌著適當的字眼。「有精神不穩定的病史？」

「我不想談這個。我帶她遠走高飛，她現在很好，非常好，只是最近有點緊張。不過這年頭大家都知道，這種病不會遺傳。莫莉心智完全健全，只是……噢，我相信這是因為可憐的帕格夫過世而引起的。」

「原來如此，」伊芙琳若有所思地說，「可是，她沒有理由要為帕格夫少校的死操心，對吧？」

「當然沒有。不過有人突然暴斃，總會讓人感到驚嚇。」

他看來絕望沮喪之至，伊芙琳不由得心軟。她把手放在他的臂膀上。

「噢，我希望你知道你在做什麼，提姆。不過如果我能幫忙……我的意思是，如果她要去紐約、邁阿密或其他可以得到最佳醫療的所在，我可以陪她去。」

「你真好，伊芙琳。不過莫莉沒事，她會撐過去的。」

伊芙琳搖搖頭，表示懷疑。她慢慢轉過身，視線沿著露台往下望。此時此刻，大部分的人都已經回住屋去了。伊芙琳走向桌旁，看看有沒有留下東西。突然，她聽到提姆驚叫一聲。她猛地抬起頭來。他的目光盯在露台盡頭的台階上，她順著他的視線望去，頓時也屏住了呼吸。

只見莫莉上氣不接下氣地抽泣著從海灘步上台階。她一路搖搖晃晃、漫無目的地跑著。提姆大喊：「莫莉，出了什麼事？」

他向她跑去，伊芙琳跟在他身後。莫莉衝上台階頂端，立刻停住腳步，雙手藏在身後。她邊抽搐邊說：「我看見她了……她在樹叢裡，樹叢裡……你看我的手，你看我的手。」

她伸出雙手，伊芙琳看見上頭有奇怪的深色汙漬，不由得倒吸了一口氣。在昏暗的光線下，那汙漬呈現暗赭色，不過她知道，它原來的顏色是紅色。

「發生什麼事了，莫莉？」提姆大喊。

「就在下面，」莫莉說，雙腿搖搖欲墜。「在樹叢裡。」

提姆猶豫片刻，朝伊芙琳望了一眼，接著就把莫莉推向她的懷抱，逕自跑下台階。伊芙琳伸出臂膀摟住莫莉。

「來吧，莫莉，坐下來。坐在這裡，你最好喝點東西。」

莫莉一坐進椅子就癱軟了。她趴在桌上，頭埋進臂彎裡。伊芙琳不再問她發生什麼事。她想，最好給她一點時間恢復鎮靜。

「不會有事的，你知道，」伊芙琳溫柔地說，「不會有事的。」

「我不知道，」莫莉說，「我不知道發生了什麼事。我什麼都不知道，什麼都記不起來。我……」她驀然抬起頭。「我是怎麼了？我到底是怎麼了？」

「沒事，孩子，沒事。」

提姆慢慢走上台階，臉色慘白。伊芙琳抬起頭，揚起眉毛詢問似地看著他。

「是飯店裡的一個女孩，」他說，「叫作維多利亞的。有人用刀刺死了她。」

# 14 開始調查

莫莉躺在床上，葛漢醫生和西印度群島的法醫羅伯遜醫生站在床邊，另一邊站著提姆。羅伯遜摸摸莫莉的脈搏，對床頭一個身穿警察制服的黑瘦男人點點頭。那是聖哈諾警署的韋斯頓警探。

「只能問幾句，不能多。」醫生說。

對方點點頭。

「好吧，坎東太太，請告訴我們，你是怎麼發現那女孩的？」

床上的人好像根本沒聽見似的，過了半晌才以虛弱而飄忽的聲音說道：「在樹叢裡……白的……」

「你看見白色的東西，所以你走過去瞧瞧是什麼，是不是？」

「是的，白的，躺在那裡……我想……我想扶她起來，她……血……我滿手都是血。」

她開始發抖。

葛漢醫生對他們搖搖頭。羅伯遜低聲說：「她不能再談這個。」

「你到海邊的小徑去做什麼，坎東太太？」

「海邊，溫暖，很美……」

「你知道那女孩是誰嗎？」

「維多利亞。好……好女孩，總是笑……總是一副笑臉……噢！她現在不能笑了，她再也不會笑了。我永遠也忘不了，永遠也忘不了……」

她的聲音拔高起來，變得歇斯底里。

「莫莉，別這樣。」提姆說。

「安靜，安靜……」羅伯遜醫生以權威的口吻安撫她。「放鬆一下，放鬆一下就好。現在，只是打一針……」

他抽出針頭。

「二十四小時內她不宜回答任何問題，」他說，「等她可以回答，我會告訴你們。」

§

那高大英俊的黑人來回看著桌邊坐著的幾個人。

「我向上帝發誓，」他說，「我只知道這些，我知道的我都說了。」

他滿頭大汗。達文崔嘆了口氣。聖哈諾島的韋斯頓警探揮揮手，表示他可以走了。吉姆．艾利斯拖著腳步走出房間。

「他知道的當然不只這些，」韋斯頓說，一口輕軟的島民口音。「但我們只能從他那裡套出這麼多了。」

「你認為他沒有涉案的嫌疑？」達文崔問。

「對。他們似乎感情不錯。」

「他們沒結婚？」

韋斯頓警探臉上現出一絲笑意。

「沒有，」他說，「他們沒結婚。這島上結婚的人不多，不過會為孩子施洗。維多利亞為他生了兩個孩子。」

「你認為他和她……不論做了什麼……是一夥的嗎？」

「大概不是。否則他一定會很緊張。而我敢說，她知道的也不多。」

「但也夠進行勒索了？」

「我不知道這稱不稱得上是勒索。我認為這女孩根本就不懂這個字的意思。拿錢堵堵嘴算不上是勒索。你知道，到這裡來的不少是闊綽的花花公子，他們的道德可經不起多少檢驗。」他的聲音帶點嘲諷。

「我同意，這裡確實什麼人都有，」達文崔說，「譬如說，某個女人不想讓人知道她的風流韻事，於是給侍候她的女孩一樣禮物。雙方心知肚明，這就是所謂花錢堵嘴。」

「一點也沒錯。」

「可是這一回，」達文崔提出異議。「情況完全不同，這是謀殺。」

「不過，我認為那女孩並不知道問題的嚴重性。她看到一些事情，一些可疑而且可能和這瓶藥有關的事……據我所知，這瓶藥是戴孫先生的。我們最好下一個就找他來問問。」

葛雷一如平常，滿面春風地走進房間。

「我來了，」他說，「有什麼需要我幫忙的嗎？那女孩真可憐，她是個好女孩，我和我太太都喜歡她。我猜她是和什麼男人起了爭執，不過她似乎很快樂，毫無心煩的表現。我昨天晚上還在跟她開玩笑呢。」

「戴孫先生，我想你在服用一種叫什諾奈的藥吧？」

「沒錯，是一種粉紅色的小藥丸。」

「你有醫生處方嗎？」

「有的，如果你想看，我可以拿給你看。我有點高血壓，現在有這種毛病的人多得是。」

「似乎沒有幾個人知道你有這個毛病。」

「噢，我不想到處宣揚。我……呃，身體一向不錯又健朗，而且我最不喜歡那種老把自己的毛病掛在嘴邊的人。」

「你每天吃多少顆藥？」
「一次兩顆，一天三次。」
「你備用的藥還有很多嗎？」
「是的，我帶了大概六瓶藥來。不過，你知道，我都鎖在公文箱裡，一次只拿出一瓶，也就是現在吃的那瓶。」
「我聽說不久前你這瓶藥不見了，是吧？」
「沒錯。」
「所以，你就問這個叫作維多利亞·強生的女孩有沒有見到你的藥？」
「沒錯，是這樣。」
「她怎麼說？」
「她說她最後一次見到那瓶藥，是在我們浴室的架子上。她還說她會四處找找。」
「後來呢？」
「後來她拿了一瓶藥來，問我是不是那瓶。」
「你怎麼說？」
「我說：『沒錯，就是它，你在哪裡找到的？』她說是在帕格夫少校的房裡。我就問：『這瓶藥怎麼會跑到那裡去？』」
「她怎麼回答？」

「她說她不知道，不過……」他語氣猶豫。

「不過什麼，戴孫先生？」

「呃，她讓我覺得她有話沒說完，只是我沒太在意。畢竟這也不是很重要，因為一如我所說，我還有好幾瓶藥。我想我大概是把它留在餐廳還是什麼地方，被老帕格夫撿到了。他可能順手塞進口袋，打算日後還我，後來就忘了。」

「你只知道這些嗎，戴孫先生？」

「我只知道這些。很抱歉幫不上忙。這很重要嗎？為什麼？」

韋斯頓聳聳肩。

「以目前的情形看來，任何事都很重要。」

「我不懂這和藥丸有什麼關係。我還以為你們想知道那女孩被殺時我的行蹤呢。我已經盡可能詳細寫下來了。」

韋斯頓若有所思地望著他。

「真的？你真是幫忙啊，戴孫先生。」

「我是想，這樣可以省卻大家的麻煩。」

葛雷說著，將一張紙往桌子對面一推。

韋斯頓仔細讀著那張紙，達文崔也把椅子拉近，偏過頭去看它。

「似乎交代得很清楚，」片刻後，韋斯頓說道，「八點五十分之前，你和你太太一起在房裡換衣服，準備進晚餐。然後你走向露台，和卡斯帕羅太太喝了幾杯酒。九點一刻，你和希林頓夫婦一起去吃晚餐。就你記憶所及，你在十一點半左右離開，然後回住屋睡覺去了。」

「當然，」葛雷說。「我不知道那女孩被殺的時間是……」

他的話帶著些許詢問的意味，不過韋斯頓警官似乎沒注意到。

「據我所知，那女孩是坎東太太發現的？她一定嚇壞了。」

「沒錯。羅伯遜醫生不得不為她注射鎮定劑。」

「事情發生在深夜，對吧？大部分的人都已上床就寢？」

「是的。」

「她死了很久嗎？我的意思是，坎東太太發現她的時候？」

「我們現在還不能確定死亡時間。」韋斯頓平靜地說。

「可憐的小莫莉，她一定嚇壞了。事實上，我昨晚沒看到她。我還以為她是因為頭疼還是怎樣而去臥床休息了。」

「你最後看見坎東太太是什麼時候？」

「噢，滿早的，是我去換衣服之前。她當時正在鋪桌巾，擺刀叉。」

「噢。」

「她那時候還挺神采飛揚，」葛雷說，「又說又笑的。她是個很棒的女孩，我們都很喜歡她。提姆這傢伙很幸運。」

「謝謝你了，戴孫先生。你記得維多利亞還你藥瓶的時候，還說了些什麼嗎？」

「沒有。一如我所說，她只問我，那瓶藥是不是我在找的那瓶，又說她是在帕格夫的房裡發現的。」

「她不知道是誰把藥瓶放進去的？」

「我想她不知道……我真的記不起來了。」

「謝謝你，戴孫先生。」

葛雷走出房間。

「他想得可真周到，」韋斯頓以指甲輕彈那張紙。「這麼急著要讓我們知道他昨天晚上的行蹤。」

「你是認為他未免太著急了？」達文崔問。

「這很難說。你知道，有些人天生就容易擔心自己的安危，最怕跟什麼麻煩事沾上邊，不見得是因為他們犯了罪而心虛。話說回來，他也可能是因為作賊心虛。」

「做案機會呢？樂隊演奏、跳舞，大家來來去去，沒有人能夠提出不在場的確鑿證明。大家不時會站起身離開桌子，又回來坐定；女人去補妝，男人去散步，戴孫可以趁機溜出去。任何人都可以找機會溜出去。不過他似乎很急著證明他並沒有溜出去，」他若有所思地看著那張紙。「坎東太太當時在排桌上的刀叉，」他說，「我很想知道，他是不是故意提到這個。」

「你覺得他是故意的？」

警官想了想。

「我想這有可能。」

這時門外響起了一陣嘈雜，有人高聲喊著要進來。

「我有話要說。我有話要說！你帶我去見那幾個先生，帶我去見警察。」

一個身著制服的警察推開房門。

「是這裡的一個廚子，」他說，「他吵著要見你，說有事要告訴你。」

一個面帶驚恐、戴著廚師帽的黑人男子從他身後擠過來，跑進房間。他是飯店的一個廚師副手，來自古巴，不是聖哈諾島當地的人。

「我跟你說，跟你說，」他說，「她從廚房跑過去……她跑過去，手裡拿著一把刀。一把刀，我跟你說，她手裡拿著一把刀。她從廚房跑過去，打開門跑出去，她跑到花園裡，我有看見。」

「冷靜點，」達文崔說，「冷靜點。你在說誰？」

「我告訴你我在說誰。我說的是老闆的太太，坎東太太，我說的是她。她手裡拿著刀，跑到外頭去了。那是晚飯之前的事，而她一直沒有回來。」

# 15 繼續調查

「能不能跟你說幾句話，坎東先生？」

「當然可以。」正埋首辦公桌的提姆抬起頭來。他將桌上的文件推到一旁，請他們坐下。他一副愁眉苦臉。「兩位查到什麼頭緒了嗎？有沒有任何進展？這地方恐怕就此一蹶不起。客人都在打聽班機，打算離開。一切才剛有起色……噢，老天，你不知道這地方對我和莫莉來說意義有多麼重大。我們把所有心血都投注在上面了。」

「我知道，真是難為你了，」韋斯頓警官說，「可別認為我們不同情你。」

「但願很快就可以水落石出，」提姆說，「可憐的維多利亞……噢，我不應該這麼說她，她很不錯，真的，不過……不過這一定事出有因，也許她有什麼祕密或私情，也許她丈夫……」

「吉姆．艾利斯並不是她丈夫，只是他們同進同出，和夫妻沒兩樣。」

「但願事情很快就能水落石出，」提姆又說了一遍。「對不起，你們說要和我談談、問點事情？」

「是的，是關於昨天晚上。根據醫檢報告，維多利亞是在晚間十點三十分至午夜左右遭到殺害的。那段時間大家的不在場證明很難證實。大家四處走動，有的跳舞，有的離開露台一陣子又走回來。要取得證明確實很難。」

「我想也是。不過聽你這麼說，好像你們已確定維多利亞是被這裡的客人殺害的？」

「噢，我們必須考慮這種可能性，坎東先生。我想問你的是你一個廚子所說的話。」

「噢？哪一個？他說了什麼？」

「據我了解，他是個古巴人。」

「我們有兩個古巴人，還有一個波多黎各人。」

「這個叫恩瑞克的人說，你太太從餐廳走出來，穿過廚房走進花園，還說她手裡拿著一把刀。」

提姆瞪大眼睛看著他。

「莫莉拿著一把刀？呃，有何不可？我的意思是……喂，你們該不會認為她……你們在暗示什麼？」

「我指的是客人尚未來到餐廳之前的那段時間，我想應該是八點三十分左右，據我所知，當時你正在餐廳和領班費南多談話？」

「沒錯，」提姆想了想。「沒錯，我記得。」

「這時候你太太從露台上走進來？」

「沒錯，是這樣，」提姆說，「她會過來把餐桌巡檢一遍。有時候服務生會把東西擺錯，忘了放刀叉什麼的。很可能就是這樣，她可能因為重新排了刀叉，所以手上拿了一把多餘的餐刀或湯匙之類的。」

「她從露台走進餐廳後，有沒有跟你說話？」

「有，我們聊了幾句。」

「她說了什麼？你還記得嗎？」

「我問她在跟什麼人說話，因為我聽到她在外面說話的聲音。」

「她說她在跟誰說話？」

「葛雷．戴孫。」

「啊，沒錯，他也是這麼說的。」

提姆繼續說道：「據我所知，他想吃她豆腐。他最愛這樣。我很生氣，罵了幾句『混帳』，莫莉笑著說她應付得來。莫莉在這方面是很精的。你知道，她的立場不好做，不能冒犯客人，所以像她這樣迷人的女孩只能聳聳肩，一笑置之。葛雷．戴孫看到漂亮女人總是忍不住要動手動腳。」

「他們之間有過口角嗎？」

「沒有，我想是沒有。就如我所說，我猜她只是一如往常，一笑置之。」

「你能不能肯定，她手上到底有沒有一把刀？」

「我記不得了……我想我可以肯定她手上沒有刀……沒有，我很肯定她沒拿刀。」

「可是你剛說……」

「我的意思是，如果她人正在餐廳或廚房裡，那麼她是有可能拿著一把刀。事實上，我記得清清楚楚，她從餐廳進來的時候手裡什麼都沒拿，什麼東西都沒有。這我敢打包票。」

「原來如此。」韋斯頓說。

提姆看著他，神情甚是不安。

「你們究竟想說什麼？那個該死的笨蛋恩瑞克還是曼紐爾……管他是誰，到底說了什麼？」

「他說你太太走進廚房，一臉怒容，手裡拿著一把刀。」

「他只是想湊熱鬧。」

「你在晚餐時分和晚餐後，又和你太太說過話嗎？」

「沒有，我想是沒有。那時候我正在忙。」

「吃飯的時候，你太太人在餐廳裡嗎？」

「我……噢，是的，我們總會在賓客當中走來走去，照看一下。」

「所以你根本沒和她說話？」

「沒有，我想沒有。我們通常都很忙，不常注意對方在做什麼，當然也沒時間說話。」

「所以，你不記得曾經和她說過話，直到三小時後她發現了屍體而跑上台階？」

「這對她來說是個可怕的驚嚇，這令她非常不安。」

「我知道，這樣的經驗確實令人不好受。她怎麼會走到海灘那條小徑去呢？」

「忙完晚餐後，她常會去那裡緩緩心情，你知道，就是離開客人幾分鐘去透透氣。」

「據我所知，她回來的時候，你正在和希林頓太太說話。」

「是的，其他人幾乎都睡了。」

「你和希林頓太太在談什麼？」

「沒什麼特別的。怎麼了？她說了什麼？」

「到目前為止她什麼都沒說。我們還沒找她來。」

「我們只是隨便聊聊，談莫莉、飯店經營等等。」

「接著你太太突然衝上露台的台階，告訴你出事了？」

「是的。」

「她雙手都是血？」

「那當然！她不知道出了什麼事，也不知道那女孩怎麼了，所以彎到那女孩身上想扶她起來，當然手上會有血！喂，你們在暗示什麼？難道你們在暗示她……」

「請別激動，」達文崔說，「提姆，我知道這對你壓力極大，不過我們必須釐清事實。

據我所知，你太太最近精神狀態不太好，是吧？」

「胡說……她很好。帕格夫少校的死讓她心情有點低落，但這很自然，她這人很敏感。」

「等她恢復，我們會問她幾個問題。」韋斯頓說。

「喂，你們可不能這麼做。醫生為她注射了鎮定劑，還囑咐不能打擾她。我不准你們去驚嚇她，你們聽到了嗎？」

「我們不會嚇到她，」韋斯頓說，「我們只想把事實弄清楚。我們現在不會打擾她，不過一旦醫生允許，我們就得去見她。」

他的語氣很輕，但不容辯駁。

提姆看著他，嘴巴張了張，終究什麼也沒說。

§

伊芙琳·希林頓像往常一般沉著冷靜，坐在指定的椅子上。她仔細思索著向她提出的問題，回答也是有條不紊。她深黑而睿智的眼眸若有所思地望著韋斯頓。

「是的，」她說，「坎東太太走上台階告訴我們出事的時候，我和她丈夫正在露台上談話。」

「你丈夫不在？」

「不在，他睡覺去了。」

「你和坎東先生談話，有沒有什麼特別的原因？」

伊芙琳揚了揚她細細描過的眉毛，明顯表示譴責。

她冷冷地說：「這問題真怪。沒有，我們的談話毫無特別之處。」

「你們有沒有談起他太太的身體狀況？」

伊芙琳還是不慌不忙，從容思索。

「我真的記不得了。」她終於開口說道。

「你確定？」

「確定我記不得內容？這個說法真奇怪。聊天的話題往往是天南地北。」

「據我所知，坎東太太最近健康欠佳。」

「她看起來很好，或許有點累吧。當然，經營這樣一個地方需要操許多心，而她又是生手，有時候自然會心慌意亂。」

「心慌意亂，」韋斯頓重複了一遍。「你是這麼形容她嗎？」

「這個字眼或許稍嫌過時，不過不比我們現在通用的一些時髦字眼差，例如把上火稱為『病毒感染』，日常的煩惱稱為『神經焦慮』……」

她的笑容讓韋斯頓覺得自己有點可笑。他對自己說，伊芙琳．希林頓是個聰明的女人。

他看看面上依舊一無表情的達文崔，不知他心裡怎麼想。

「謝謝你，希林頓太太。」韋斯頓說。

§

「我們不想勞煩你，坎東太太，不過我們必須知道你是如何發現那女孩的。葛漢醫生說你復元得差不多了，可以談談事發經過。」

「噢，是的，」莫莉說，「我現在已經好了，」她對他們緊張地笑了笑。「我只是受了驚嚇。真的很可怕，你知道。」

「是的，一定很可怕。據我所知，你晚餐後就出去散步。」

「是的……我常去散步。」

「那是什麼時候，坎東太太？」韋斯頓問。

她的眼眸避開他的目光，而且達文崔注意到，她的手指不斷交纏又鬆開。

「呃，我不太清楚……我們這裡不大看時間做事。」

「那時候鋼樂隊還在演奏？」

「是的，應該……我想還在演奏吧……我真的記不得了。」

「你朝哪個方向走？」

「噢，我沿著海邊的小徑走。」

「往左還是往右?」

「噢，先是往左，然後往右……我……我其實沒注意。」

「你為什麼沒注意，坎東太太?」

她皺起眉頭。

「我想我在……呃，想事情。」

「想什麼特別的事嗎?」

「不，不，沒什麼特別的……只是在想每天要做的一些事，飯店裡要照顧的事，」她的手指再度緊張地交纏又鬆開。「後來，我注意到一個白色的東西，在一簇芙蓉花叢當中。我不知道是什麼，就停下腳步，推開樹枝……」她哆嗦著嚥下一口唾沫。「是她，維多利亞，全身蜷縮成一團……我想把她的頭扶起來，結果我……我滿手是血。」

她瞪著雙手，不敢置信地又說了一遍，彷彿想起一樁匪夷所思的事。

「血，我滿手都是血。」

「是，這是很可怕的經歷。這一部分你不必告訴我們。請你想想，你是走了多久之後發現她的?」

「我不知道，我沒有概念。」

「一小時?半小時?還是一個多鐘頭?」

「我不知道。」莫莉又說了一遍。

達文崔以平常的語氣問道：「你散步的時候，身上帶著刀子嗎？」

「刀子？」莫莉的口氣聽來異常吃驚。「我為什麼要帶刀子？」

「我這麼問是因為，廚房裡有個人說你從廚房走進花園的時候，手裡拿著一把刀。」

莫莉蹙起眉頭。

「可是我不是從廚房走出去的……噢，你是說稍早，在晚餐前……我……我想我並沒有……」

「那時候你可能在排桌上的刀叉。」

「有時候我是得重新排一遍，他們會把東西放錯，例如餐刀，不是不夠就是過多，要不然就是餐叉湯匙太多或太少，諸如此類。」

「所以，那天晚上你走出廚房的時候，手裡可能拿著一把刀？」

「我想沒有……我敢確定我沒有。」她又加上一句：「提姆也在場，他知道的。你去問他。」

「你喜歡這個叫維多利亞的女孩嗎？她的工作表現可好？」韋斯頓問。

「是的，她是個很好的女孩。」

「你沒和她起過爭執？」

「爭執？沒有。」

「她從來沒有以任何方式威脅過你？」

「威脅我？你這是什麼意思？」

「這不重要。你知不知道誰有可能殺害她？一點也不知道？」

「一點也不知道。」她的語氣極為肯定。

「好了，謝謝你，坎東太太，」他微笑著說，「這沒什麼好怕的，是吧？」

「你問完了？」

「目前為止，是的。」

達文崔站起身，為她打開房門，目送她離去。

「提姆知道的，」他一面回座，嘴裡一面重複說道，「而提姆一口咬定她手裡沒拿刀。」

韋斯頓嚴肅地說：「我想，做丈夫的都會覺得有義務這麼說。」

「餐刀用來殺人似乎不怎麼好用。」

「不過那是一把切牛排的餐刀，達文崔先生。那天晚上菜單上有牛排。牛排刀是很鋒利的。」

「我不敢相信剛才和我們談話的女孩，是個滿手沾血的殺人凶手。」

「你現在還不必相信。坎東太太有可能是在晚餐前走進花園，手裡拿著一把餐桌上多出來的刀……她也許根本沒留意到手上有刀，然後把它隨手放下或掉在什麼地方，結果被人發現而拿去利用。我也認為她不大可能是殺人凶手。」

「總之，」達文崔若有所思地說道，「我敢確定她還有話沒說。她對時間的閃爍其詞就很奇怪……她去了什麼地方？去做什麼？到目前為止，好像還沒有人在那天晚上見到她在餐廳裡。」

「她丈夫一如既常在餐廳走來走去，可是她不在。」

「你認為她是去見什麼人？維多利亞．強生嗎？」

「有可能。也可能她看見了那個去見維多利亞的人。」

「你是指葛雷．戴孫？」

「我們知道他稍早和維多利亞說過話，或許兩人約好稍後再見面也不一定。別忘了，露台上的每個人都可以自由來去，喝酒啦、跳舞啦，在酒吧問進進出出的。」

「只有鋼樂隊有最好的不在場證明了。」達文崔無奈地說。

# 16 瑪波小姐求援

任何人看到那位一臉慈祥、站在草屋前廊沉思的老太太，都會認為她腦中想的無非是一天安排的計畫：也許去古堡懸崖尋幽探勝，去詹姆斯鎮，或者搭車去鵜鶘角吃午餐，要不乾脆安安靜靜地在海灘上待一上午。

不過，這位慈祥老太太心中盤算的完全不是這些。她的腦子正飛快地轉動。

「總得想點辦法。」瑪波小姐自言自語道。

她認為沒有時間可以浪費了，事情已經迫在眉睫。

可是誰會相信她呢？

她認為只要假以時日，她自己便能夠找出事情的真相來。她已有不少發現，可是還不夠……差得遠了。但時間已經不多了。

她痛苦地意識到，在這個天堂般的小島上，她連一個盟友都沒有。

她難過地想到她在英國的朋友。總是全心全意傾聽她說話的亨利．克什林爵士，還有爵士的教子戴蒙……雖然他在蘇格蘭警場的地位愈來愈高，但每當瑪波小姐認為某事頗有蹊蹺，他定然深信不疑。

可是，那些一口軟語的本地警官，有誰會相信一個老太太所謂的緊急情況呢？葛漢醫生會不會？可是她不需要葛漢醫生這樣的人。他太溫和又優柔寡斷，絕對不是個當機立斷、說做就做的行動派。

瑪波小姐覺得自己有如萬能之神下的一個卑微副手，幾乎想口唸聖經文句大聲向上帝喊出她的需要。

誰能替我去？

我能派誰去？

片刻後，一個聲音傳入她耳朵，但那不像是回應她的祈禱……簡直是天差地別；乍聽之下，她還以為有人在叫他的狗。

「喂！」

瑪波小姐兀自沉浸在思緒中，沒有理會。

「喂！」聲音提高了些，瑪波小姐茫然四顧。

「喂！」拉菲爾先生的叫聲帶著不耐，後頭還加上一句：「唉，就是你……」

一開始瑪波小姐沒意識到拉菲爾先生的「唉，就是你」是對她而發。從來沒有人對她這樣說話，這種打招呼的方式實在不夠紳士。瑪波小姐倒不介意，因為大家對他那種目中無人的行事風格甚少在意。他自己制定了一套律法，而大家也都理所當然地接受。瑪波小姐的視線越過兩間草屋之間的空地，看見拉菲爾先生在他的涼廊上向她招手。

「你在叫我？」她問。

「我當然在叫你，」拉菲爾先生說，「不然你以為我在叫誰？叫貓嗎？你過來這裡。」

瑪波小姐找到自己的手提袋，提了就走過去。

「除非有人幫我，要不然我不可能走到你那邊，」拉菲爾先生解釋，「所以，你得到我這裡來。」

「噢，是呀，」瑪波小姐說，「我很了解。」

拉菲爾先生朝他身旁的椅子一指。

「坐下，」他說，「我有話跟你說。島上出了怪事。」

「沒錯，確實。」瑪波小姐一邊坐下一邊說。

純粹是習慣使然，她從提袋中拿出針線。

「別再織了，」拉菲爾先生說，「我受不了，我討厭女人織毛線，煩人。」

瑪波小姐把針線放回提袋。她這麼做純粹是對一個暴躁病人的寬容大度，倒不是出於怯懦而曲意服從。

「閒言閒語很多，」拉菲爾先生說，「我敢說始作俑者的就是你。你、那個牧師還有他妹妹。」

「在這種情況下，」瑪波小姐不甘示弱。「說點閒話也是難免的。」

「那個本地女孩被人用刀刺死，屍體在樹叢裡被發現。這種事也可能再尋常不過。她的同居人或許是嫉妒另一個男人，也可能他自己另有新歡而引起她吃醋，兩人就吵起來。無非是熱帶地區的男歡女愛，你說是不是？」

「不對。」瑪波小姐搖頭。

「地方官員也不這麼認為。」

「他們告訴你的一定比我多。」瑪波小姐直言。

「也沒差，我敢打賭你知道的還是比我多。你一直在聽別人的流言蜚語。」

「當然了。」瑪波小姐說。

「除了聽流言蜚語之外，你是不是沒有別的事好做？」

「那能讓你消息靈通，有時很有用。」

「你知道，」拉菲爾先生仔細打量著瑪波小姐。「我看錯你了。我很少看錯人的。你並不如我想像的那麼簡單。說到帕格夫少校的傳言和他說的那些故事，你認為他是被人做掉的，是不是？」

「恐怕是的。」瑪波小姐說。

「噢，絕對是。」拉菲爾先生說。

瑪波小姐倒吸一口氣。

「你確定嗎？」她問。

「對，我非常確定，是達文崔告訴我的。我這不是洩密，反正等驗屍結果出來，真相就會公開。你告訴葛漢後，他去找達文崔，達文崔又去找行政官員，行政官員通知了刑事調查局，他們也認為其中似乎大有文章，所以把老帕格夫挖出來驗屍。」

「他們找到什麼沒有？」瑪波小姐焦急地問。

「他們發現他體內有種致命的物質，那名字只有醫生才唸得出來。就我記憶所及，好像叫什麼氯氫什麼碳酸不純苯之類的。這唸法並不正確，不過大致是如此。我想，法醫故意這麼唸是因為不想讓人聽懂。那東西可能還有個簡單好記的俗名，例如巴比妥或伊斯登糖漿之類的。學名是專門用來唬外行人的。總之，這種東西大量服用後會導致死亡，而且症狀和飲酒過量引起的高血壓非常類似。事實上，一切都看似順理成章，沒有人產生半點懷疑，大家頂多嘆一聲『可憐的傢伙』，就趕緊把他埋了。現在，他們在懷疑他到底有沒有高血壓。他告訴過你嗎？」

「沒有。」

「果然如此！可是好像所有的人都認定他有高血壓。」

「他顯然對誰說過。」

「這就跟碰見鬼的傳說一樣，」拉菲爾先生說，「你永遠找不到那個真正見鬼的人，永遠是某人的遠方表親、朋友或是朋友的朋友。不過，我們先不談這個。他們認為他有高血壓，是因為他房裡有一瓶控制血壓的藥，可是……我們說到重點了，據我猜想，那女孩到處宣揚那瓶藥是別人放進去的，而且藥原本是葛雷那傢伙的。」

「戴孫先生確實有高血壓，他太太提過。」瑪波小姐說。

「所以，有人把藥放在帕格夫房裡，是想暗示他患有高血壓，好讓他的死顯得很自然。」

「正是如此，」瑪波小姐說，「而且這人還以高明的手法散播謠言，說他常對人提起自己有高血壓。不過你知道，散布消息很容易，簡直易如反掌。這種事我碰過很多了。」

「我敢打賭你一定是。」拉菲爾先生說。

「只要這裡那裡竊竊私語幾句，」瑪波小姐說，「不用說是你自己發現的，只要說是乙太太對你說是丙上校告訴她的就成了。消息轉了二手、三手甚至是四手後，就很難查出誰是始作俑者。沒錯，這樣就行了。從你口中聽到傳言的人會再對別人說，說得好像是他們親身發現似的。」

「這人很聰明。」拉菲爾先生若有所思地說。

「是的，」瑪波小姐說，「我也認為這人相當聰明。」

「我想，那女孩看到或知道了什麼祕密，於是去勒索凶手。」拉菲爾先生說。

「她可能不認為那是勒索，」瑪波小姐說，「在這種大飯店裡，女傭很容易知道一些不便公開的事，所以常會得到一筆闊綽的小費或紅包。那女孩可能一開始並未意識到問題的嚴重性。」

「可是她背後還是挨了一刀。」拉菲爾先生說，口氣甚是無情。

「沒錯。顯然有人要殺她滅口。」

「所以呢？把你的想法說來聽聽。」

瑪波小姐若有所思地望他一眼。

「你為什麼認為我知道的比你多，拉菲爾先生？」

「或許你知道的並不多，」拉菲爾先生說，「不過我想聽聽你的看法。」

「為什麼呢？」

「因為我在這裡閒著沒事做，」拉菲爾先生說，「除了賺錢。」

瑪波小姐似乎有點吃驚。

「賺錢？在這裡賺錢？」

「如果你願意，每天都可以發出半打的電報，」拉菲爾先生說，「我就是靠這個自娛。」

「投標嗎？」瑪波小姐問，口氣遲疑得有如說外國話。

「算是吧，」拉菲爾先生說，「跟人鬥鬥智罷了。問題是它不用花去我所有的時間，所以我就對這檔子事產生了興趣，它勾起了我的好奇心。帕格夫常跟你一聊就是大半天。我想其他人都沒把他看在眼裡。他都說些什麼？」

「他告訴我好多故事。」瑪波小姐說。

「我知道，那些故事多半無聊透頂。而且你還不會只聽一遍，聽三、四遍都不足為奇。」

「我知道，」瑪波小姐說，「恐怕人老了都不免如此。」

拉菲爾先生銳利的目光瞄了她一眼。

「我就不會，」他說，「繼續說。事情是因為帕格夫說的一個故事而起，對吧？」

「他說他知道一個殺人兇手，」瑪波小姐說，「其實這沒什麼，」她以溫柔的嗓音繼續說道：「我相信每個人大概都碰過這種事。」

「我不懂你的意思。」拉菲爾先生說。

「我不是特別指某個事件，」瑪波小姐說，「不過，拉菲爾先生，如果你回憶一生中的各種經歷，是不是曾碰過有人隨口這麼說：『噢，我和某某人很熟，他突然死了，大家都說是他太太下的毒手，不過我敢說那只是瞎扯。』這種話你應該聽過吧？」

「噢，大概吧。沒錯，我是聽過這種話。不過，說話的人並不認真。」

「沒錯，」瑪波小姐說，「但帕格夫少校很認真。我認為他很喜歡說這個故事。他說他有一張殺人兇手的照片，正打算拿給我看，可是……沒讓我看成。」

「為什麼？」

「因為他看見了某樣東西，」瑪波小姐說，「我相信是看見了某個人。他的臉一下子變得紫紅，急忙把照片塞回皮夾，接著開始顧左右而言他。」

「他看見誰了？」

「這問題我也想了很久，」瑪波小姐說，「當時我正坐在草屋外，他的座位算是在我的正對面……不管他看見了什麼，都是越過我右肩頭看到的。」

「有人沿著那條通往小溪和停車場的小路，從你的右後方走過來？」

「是的。」

「是誰沿著那條小路走過來？」

「戴孫夫婦和希林頓夫婦。」

「還有別人嗎？」

「我沒看見其他人。當然，你的草屋也在他的視線範圍內……」

「啊，這麼說，我們該把依瑟．華特絲和我雇用的那個傑克遜也算在內，對吧？我想，他或她那時候有可能從草屋裡出來又進去，而你沒看見。」

「有可能，」瑪波小姐說，「我當時並未立刻回頭。」

「戴孫夫婦、希林頓夫婦、依瑟、傑克遜，他們其中之一就是凶手。噢，當然，還有我自己。」他又加了一句，顯然是後來才想起。

瑪波小姐微微一笑。

「他說那個凶手是個男人？」

「是的。」

「好，那麼伊芙琳．希林頓、好運和依瑟．華特絲就可以排除在外。所以，這個凶手

——先當這些胡說八道是真的——不是戴孫、希林頓，就是我那個油嘴滑舌的傑克遜。」

「或是你自己。」瑪波小姐說。

拉菲爾先生沒理會她最後這句話。

「別惹我。」他說，「我告訴你我最納悶的是什麼，這你似乎沒想到。如果凶手是這三人當中的一個，老帕格夫為什麼先前沒認出來？他們坐在一起大眼瞪小眼少說也有兩星期了。這似乎說不通。」

「我認為說得通。」瑪波小姐說。

「噢？說說看。」

「你知道，帕格夫少校說他自己從未見過那個人。這故事是一個醫生告訴他的，而且那個醫生把那張照片獻寶似地送給了他。帕格夫少校當時可能仔細看過照片，不過事後就塞進皮夾，當作紀念保存下來，只在說故事的時候偶爾拿出來讓人瞧瞧。還有一點，拉菲爾先生，我們不知道這是什麼時候的事。他告訴我的時候，壓根沒提到時間。我的意思是，這個故事他可能已經說了好幾年，五年、十年，甚或更久。他說的那些老虎故事就可以追溯到二十年前。」

「老天。」拉菲爾先生說。

「所以，如果帕格夫少校在不經意間遇到這人，他不會馬上就認出是照片中的那張臉。

據我猜想……而且我認為八九不離十，事情的經過應該是：他一邊說故事，一邊在皮夾裡摸索，拿出照片後低頭端詳那張臉，再猛一抬頭後，竟然看見同一張或是非常相像的臉正從十或十二呎外走過來。」

「沒錯，」拉菲爾先生邊思索邊說，「沒錯，是有這個可能。」

「他大為驚愕，」瑪波小姐說，「於是匆匆地把照片塞回皮夾，故意大聲說話轉移了話題。」

「他可能並不確定。」拉菲爾先生銳利地指出。

「沒錯，」瑪波小姐說，「他可能不太確定，不過事後他一定仔細研究過那張照片，再和那人加以對照，想確定他們只是面孔相像，或者其實是同一個人。」

拉菲爾先生沉思片刻，接著搖搖頭。

「這裡有點問題……動機不足，絕對不足。他跟你說話的時候聲音很大，對吧？」

「是的，」瑪波小姐說，「很大聲，他向來是大嗓門。」

「這倒是。沒錯，他說話老像扯著喉嚨。所以，無論什麼人走到近旁都聽得見？」

「我得說，隔著老遠都聽得見。」

拉菲爾先生再度搖頭。他說：「匪夷所思，太不可能了，任誰聽到這故事都會失聲大笑。一個饒舌的老傢伙在說一個別人告訴他的故事，還拿出照片為證，而故事還是多年前發生的一起謀殺案，至少是一兩年前。這怎麼可能會讓那個有問題的人擔心呢？根本沒有證據，不過是道聽塗說、轉了好幾手的故事。他甚至可以大方承認自己和凶手長得很像。他可以這麼說：『沒錯，我跟這傢伙確實很像，對吧？哈，哈！』沒有人會把老帕格夫的指認當真，至少我就不會相信。不對，那個凶手……如果他真是凶手的話，根本不用畏懼，根本不必。這種指證他大可一笑置之。所以，為什麼他要殺害老帕格夫？毫無必要啊，你知道。」

「噢，我知道，」瑪波小姐說，「我完全同意你的看法。正因為如此，我才感到不安。我心神不寧，昨晚整夜睡不著。」

拉菲爾先生緊盯著她。

「把你心底的話說出來吧。」他平靜地說。

「我可能……完全弄錯了。」瑪波小姐遲疑地說道。

「有可能，」拉菲爾先生一如往常，說話毫不客氣。「不過，至少讓我聽聽你在夜深人靜的時候想到了什麼。」

「這其中或許含有強烈的動機，如果……」

「如果什麼？」

「如果有另一起命案必須發生。」

拉菲爾先生瞪著她。他努力在椅子上坐直。

「說清楚點。」他說。

「我不太會解釋事情，」瑪波小姐開始連珠炮般地說道，有點語無倫次，臉上也泛起紅暈。「假設有人正在預謀一樁凶殺案……你還記得帕格夫少校說的故事嗎？是關於一個男人，妻子不明不白地暴斃。過了一段時間，又發生了一起命案，情況完全相同。兩個名字不同的男人，妻子的死因如出一轍，而那個醫生認出這兩人其實是同一個人，儘管他改了名字。所以，你看這凶手是不是有點嗜殺成性了？」

「你是說像史密斯命案、新娘洗澡溺斃的那個事件？是有點像。」

「依我推斷，」瑪波小姐說，「也根據我過去的所見所聞，如果一個人頭一回犯下這種惡行後卻逍遙法外，他等於是受到鼓勵。他認為做這種事易如反掌，會自鳴得意而故技重施，到頭來殺人就成了習慣，就像你說的史密斯命案和新娘洗澡溺斃的事件一樣。他每次在不同的地點下手，每次都會改名換姓，可是手法如出一轍。所以，在我看來……不過我有可能弄錯……」

「可你並不認為你錯了，對吧？」拉菲爾先生很精明。

瑪波小姐沒回答，逕自往下說：「如果真是這樣，如果這個……這個人已經為另一樁謀殺命案安排好了一切，比如說想除掉他另一個妻子，又如果這是他第三或第四次下手，那麼少校說的故事就舉足輕重了。凶手不能冒險讓別人發現其中有任何相似之處。你還記得吧，史密斯正是因為如此而被捕歸案的。也就是有個人注意到案情的類似，將該案和報上另一樁案件的剪報加以對照才得以破案。所以，你該看出來了吧？這個壞蛋已經計畫好另一次犯罪，而且不久就要下手，他絕不能讓帕格夫少校到處說這個故事，還把照片拿給人家看。」

她停下話頭，以詢問的眼神望著拉菲爾先生。

「所以你也看得出，他必須盡快採取行動，愈快愈好。」

拉菲爾先生開口說道：「事實上，就是在當天晚上，對吧？」

「對。」瑪波小姐說。

「手腳真快，」拉菲爾先生說，「不過這也不難達成。把藥瓶放在老帕格夫的房裡，四處散布謠言說他有高血壓，再在莊園水果酒裡加進一點那個學名長得要命的藥，對吧？」

「沒錯。不過這都過去了，我們不必再擔心這個，我們要注意的是未來，是現在。現在帕格夫少校已經不能擋路，照片也毀了，這人一定會依照預謀進行他的殺人計畫。」

拉菲爾先生吹了聲口哨。

「你都想清楚了，對吧？」

瑪波小姐點點頭。她以一種少見、堅定且近乎獨斷的口吻說道：「我們必須阻止他。你必須阻止他，拉菲爾先生。」

「我？」拉菲爾先生顯得很吃驚。「為什麼是我？」

「因為你有錢，而且地位顯要，」瑪波小姐說得很乾脆。「你說的話別人會留心聽。他們絕對不會聽我的，他們會說是我這個老太婆胡思亂想。」

「大概吧，」拉菲爾先生說，「如果真是那樣，他們就太蠢了。不過我得說，聽你平常說的那些話，沒人會認為你有頭腦。事實上，你還挺有邏輯的，很少女人是這樣。」

他不舒服地在椅子上動了動。

「依瑟和傑克遜又死到哪裡去了？」他說，「我得動動身子。不，你弄不來，你力氣不夠，真不知道他們把我一個人留在這裡是什麼意思。」

「我去找他們。」

「不，你別去，你就待在這裡，把事情理清楚。凶手到底是誰？是放蕩的葛雷？安靜的愛德華・希林頓？還是我的傑克遜？一定是這三人中的一個，對吧？」

# 17 拉菲爾先生加入

「我不知道。」瑪波小姐說。

「你這是什麼意思？難道這二十分鐘我們都白談了？」

「我認為我有可能弄錯。」

拉菲爾先生瞪著她。

「簡直是個老糊塗！」他不屑地說，「你剛才可是自信滿滿。」

「噢，對於謀殺這種事我是很有自信，但說到殺人凶手是什麼人，我就不敢確定了。你知道，我發現帕格夫少校的謀殺故事還不只一個。你自己就告訴過我，他說過一個什麼浴室死屍的事。」

「那個……他是說過，不過內容完全不同。」

「我知道。華特絲太太也告訴我他說的另一個故事，說有個人的臉被按在煤氣爐上毒死……」

「可是他告訴你的故事……」

瑪波小姐打斷了他，這對拉菲爾先生來說可是件稀罕事。她一臉急切、迫不及待地說下去，有點語無倫次。

「你看不出來嗎？這是很難確定的。問題的關鍵在於人往往不太專心聽別人說話。去問問華特絲太太，她也會這麼說。你一開始會仔細聽，接著就分了神，心思不知飄到了哪裡，接著猛然發現你漏聽了一段。我在想，我是不是在少校訴說那個故事和他掏出皮夾說『想看看殺人凶手的照片嗎』之間漏聽了一段……或許只有短短幾句。」

「你認為那張照片就是故事中那個男人的照片？」

「我本來一直這麼認為，並沒有想到我可能弄錯。可是現在……我應該怎麼樣才能確定呢？」

拉菲爾先生若有所思地看著她。

「你的毛病是，」他說，「想太多了。這可是犯了兵家大忌。打定主意後就別再猶疑不定了，你一開始可沒猶疑啊！要我說，你是在跟那個牧師的妹妹或誰東家長西家短之後，覺得有些事情令你深感不安。」

「你可能說對了。」

「噢，先別管那個，我們先談談你最初的想法，因為人的直覺判斷十之八九是對的，至少我的經驗是如此。這裡有三個嫌疑犯，我們不妨逐一檢視一番。你認為哪個人的嫌疑最大？」

「我真的不知道，」瑪波小姐說，「三個人都不像。」

「我們先來看葛雷，」拉菲爾先生說，「那傢伙真令人難以忍受。不過，我們不能就此認定他是凶手。話說回來，這裡有一兩點不利於他的事實：那瓶高血壓的藥是他的，當作工具是又方便又好用。」

「那未免太明目張膽了吧？」瑪波小姐提出質疑。

「我認為不見得，」拉菲爾先生說，「畢竟盡快下手最重要，而他的手頭就有藥，再說，他也沒時間去調查其他人是不是也有藥。我們姑且假設凶手是葛雷。要是他想除去他那個寶貝妻子好運（我得說這主意不錯，其實我很同情他），我看不出他的動機何在。他是個相當有錢的人，他從第一任闊太太手中繼承了一大筆錢，就這點看來，他是符合殺妻凶手的條件。不過事過境遷，他已經全身而退；而且好運是他第一任妻子的一個窮親戚。既然不是為錢，那麼他之所以想除掉她，勢必是為了再娶第三者。你有沒有聽過這方面的閒言閒語？」

瑪波小姐搖搖頭。

「我沒聽過。他……呃，他對每個女人都很會獻殷勤。」

「噢，這種老派的說法倒很厚道，」拉菲爾先生說，「好，他是鼠輩，喜歡吃女人豆腐。但這不夠！我們需要更強烈的動機。再來看看愛德華・希林頓，他倒像是一匹黑馬。」

「我認為他並不快樂。」瑪波小姐說。

拉菲爾先生若有所思地看著她。

「你認為殺人凶手應該是個快樂的人？」

瑪波小姐咳了一聲。

「以我過去的經驗來看，通常是這樣。」

「我認為你的經驗不是太多。」拉菲爾先生說。

瑪波小姐很想告訴他，他這個假設是錯的，不過她忍住沒說。她知道，男人都不喜歡被當面指正錯誤。

「我自己倒是挺喜歡希林頓，」拉菲爾先生說，「我覺得他和太太之間有點奇怪。你注意到沒有？」

「噢，沒錯，」瑪波小姐說，「我注意到了。當然，他們的舉止在公開場合無可挑剔，非常符合眾人的想像。」

「你可能比我更了解這種人，」拉菲爾先生說，「儘管表面上十全十美，可是愛德華・希林頓或許正不動聲色地打算除掉伊芙琳・希林頓。你同不同意？」

「如果是這樣，那一定涉及另一個女人。」瑪波小姐搖搖頭，又不太滿意。「我覺得事情不會這麼單純。」

「好吧，我們下一個要看誰？傑克遜？可以把我排除在外吧。」

瑪波小姐第一次現出笑容。

「為什麼要把你排除在外，拉菲爾先生？」

「如果你要討論我是不是凶手，你得去找別人，和我討論只是浪費時間。再說，我問你，我能殺人嗎？這麼沒用，木乃伊似地被人從床上抱起、穿衣，去哪裡都要以輪椅代步，連散步都得有人推。你說我殺人的機率有多大？」

「也不會比別人小。」瑪波小姐振振有辭。

「你這是什麼意思？」

「噢，你是個有頭腦的人，我想這點你總會同意吧？」

「我當然有頭腦，」拉菲爾先生凜然說道，「我敢說，我的頭腦比這裡的人都好。」

「只要有頭腦，」瑪波小姐又說，「你就能克服許多生理障礙，成為一個殺人凶手。」

「這得費多少工夫！」

「沒錯，」瑪波小姐說，「是要花費一番工夫。不過我想，拉菲爾先生，你應該會樂在其中。」

拉菲爾先生對她瞪視良久，突然大笑起來。

「你真有膽子！」他說，「你本人和你那副慈祥、糊塗的老太婆模樣完全不同。這麼說，你真認為我是個殺人凶手？」

「不，」瑪波小姐說，「你不是。」

「為什麼？」

「噢，事實上，正是因為你有頭腦。有了頭腦，你不必殺人就可以得到你想要的東西。謀殺是蠢行。」

「更何況，我會想去謀殺誰呢？」

「這問題倒是很有意思，」瑪波小姐說，「我還沒有榮幸與你促膝長談，自然無法得出結論。」

拉菲爾先生的笑意更深了。

「和你聊天挺危險的。」他說。

「聊天總是危險的，特別是，如果你有事隱瞞的話。」瑪波小姐說。

「或許你說得對。我們繼續討論傑克遜吧。你認為這人如何？」

「我很難說，我一直沒有機會和他聊天。」

「這麼說，你對他毫無想法？」

「他讓我想起一個年輕人，喬納斯．帕瑞，」瑪波小姐回憶道，「他在離我家不遠的鎮公所工作。」

「所以呢？」拉菲爾先生等著下文。

「他，」瑪波小姐說，「令人不敢恭維。」

「傑克遜也不怎麼樣，不過配我正好。他的工作表現一流，不在乎挨罵。他知道他薪水高，所以也就忍住了。我不會雇他做需要信賴度的事，但我也沒必要信任他。他的過去或許無懈可擊，也或許有些瑕疵。他的推薦信把他寫得還不錯，不過我從中嗅到……不妨這麼說，一絲保留。幸好我沒有任何難以啟齒的隱私，不會成為勒索的對象。」

「沒有隱私？」瑪波小姐沉思著說，「拉菲爾先生，你一定有些商業機密吧？」

「傑克遜絕對拿不到手，不可能的。你可以說傑克遜有點滑頭，但我不認為他會殺人。我得說，殺人不是他的看家本領。」他頓了頓，突然說道：「你知道嗎，如果退後一步客觀地看這整件事……例如帕格夫少校的個性、他說的荒唐故事等等，或許我們思考的方向完全不對。被謀殺的人應該是我才對。」

瑪波小姐看著他，顯得有點吃驚。

「以一般標準的情節而言，」拉菲爾先生解釋，「謀殺故事當中誰最可能是被害者？有錢的老人。」

「所以有很多人盼望你死去，好繼承你的財富，」瑪波小姐說，「對吧？」

「關於這個，」拉菲爾先生說。「我敢說，大家如果在《泰晤士報》上看到我的訃聞，在倫敦至少有五、六個人一滴眼淚也不會掉。但他們還沒急到要除掉我的地步。何必呢？我隨時都有可能一命嗚呼。事實上，那些討厭的傢伙根本沒想到我會撐這麼久，連醫生都很吃驚。」

「因為你有強烈的意志要活下去。」瑪波小姐說。

「我想，你會認為這很奇怪吧。」拉菲爾先生說。

瑪波小姐搖搖頭。

「噢，不，」她說，「我覺得這很自然。如果你即將失去生命，生命會變得更寶貴、更有樂趣。這也許難以想像，不過事實如此。當你年紀輕輕、身強力壯，漫長的生命就在你面前展開，活著似乎一點也不重要。只有年輕人才會動不動就自殺，有時是出於對愛情的絕望，有時純粹是因為焦慮和煩惱。老年人才真正懂得生命的價值和意義。」

「哈！」拉菲爾先生哼了一聲。「聽聽這兩個老古董說的話。」

「可是我說的沒錯，對吧？」瑪波小姐問。

「噢，」拉菲爾先生說，「你說得很對。不過我說被害人應該是我，你不同意嗎？」

「這要看什麼人會在你死後得到好處。」瑪波小姐說。

「事實上，誰也沒有好處，」拉菲爾先生說，「除了我那些生意上的對手。而他們，我也說了，早就舒舒服服地坐待我不久之後歸天。我不是傻瓜，我不會留一大筆錢給親戚去瓜分。去掉政府的稅賦後，他們能拿到的錢其實少得可憐。噢，不，關於財產贈與、資金信託等等，我幾年前就安排好了一切。」

「拿傑克遜來說，他不會在你死後受益？」

「他一個銅板也拿不到，」拉菲爾先生得意地說，「我付他的薪水要比別人高出一倍。這是因為他得忍受我的壞脾氣，而他也心知肚明。如果我死了，對他可是個重大損失。」

「華特絲太太呢？」

「她也一樣。她是個好女人，也是一流的祕書，人聰明、脾氣好、了解我，我發脾氣她無動於衷，就算罵她她也完全不在意，她就像個溫柔的保母在照顧一個暴躁、乖戾的小孩一樣。她偶爾也會惹我生氣，但話說回來，誰不會惹我生氣？她沒什麼出類拔萃的地方，很多方面她都算是普通，但我找不到比她更適合我的人了。她一生命運坎坷，嫁了個窩囊廢。我得說，她看男人的眼光實在不怎麼樣。有的女人就是看不準男人，隨便哪個男人告訴她們自己多麼不得志，她們就會愛上他，以為這男人只需要一個了解他的女人，把她娶進門後他就會力圖振作、大展鴻圖！可是，那種男人當然不會這麼做。還好她那個不成材的丈夫死得早。一天晚上他酒喝多了，一頭撞到公車上。依瑟有個女兒要養，所以又回來做祕書。她跟了我五年。一開始我就跟她說得明明白白，要她別指望在我死後得到好處。打一開始我就付她很高的薪水，而且我保證每年加薪四分之一。不管多正派、多誠實，你都不可以相信『任何人』。所以我跟她說得清清楚楚，要她別對我的死抱有期望。我多活一年，她的薪水就更高些，而如果她每年都存下一大半（我相信她是如此），那麼等到我駕鶴西歸，她就是個小富婆了。我也負擔她女兒的學業，為她女兒存了一筆基金，等她到了一定年紀就可以使用。所以，依瑟．華特絲現在可說是高枕無憂。我告訴你，我死了對她來說可是一大筆金錢損失，」他深深看著瑪波小姐。「這一點她清楚得很，依瑟這人很理性。」

「她和傑克遜處得好不好？」瑪波小姐問。

拉菲爾先生飛快地掃她一眼。

「你注意到了，對吧？」他說，「沒錯，我想傑克遜是頗愛拈花惹草，他想追她，尤其是最近。當然，他長得挺好看的，不過這沒什麼用。第一，他們地位不同，她就是比他高那麼一點，雖然也高不到哪裡去。如果她真是高高在上也就罷了，可是她們那種中下階層的人……挺挑剔的。她母親在學校當老師，父親是銀行職員。不，她不會蠢到上他的當。我敢說他看上的是她那筆小積蓄，但他不會得逞的。」

「噓，她過來了！」瑪波小姐說。

他們雙雙抬起頭，看到依瑟．華特絲沿著飯店小徑朝他們走來。

「你知道，她是個漂亮的女人，」拉菲爾先生說，「可惜毫無魅力，我不知道為什麼。她長得其實不錯。」

瑪波小姐長嘆一聲。任何女人，無論年紀多大，看到被浪擲的寶物總會忍不住嘆息。依瑟身上所欠缺的特質，瑪波小姐這輩子可聽過太多種說法：「不吸引我」、「不性感」、「眼神不撩人」。她頭髮柔順、五官端正、一雙褐色眼眸、身材出色、笑容可掬，但就是缺少某種東西，難以讓男人在街上頻頻回首。

「她應該再婚的。」瑪波小姐壓低聲音說道。

「她當然應該結婚。她會是個好太太。」

依瑟．華特絲走到兩人面前。拉菲爾先生故意生氣地說道：「你終於出現了！你都幹什麼去了？」

「今天早上好像每個人都在發電報，」依瑟說，「還有人要退房……」

「要退房？因為這起凶殺案？」

「我想是的。可憐的提姆・坎東，他都急瘋了。」

「他不急才怪。我得說，這對年輕夫婦運氣真壞。」

「我知道。接手這個地方對他們是個很大的負擔，他們一直擔心經營不起來，但這兩個人做得很不錯。」

「他們是經營得不錯，」拉菲爾先生同意說，「男的能幹，工作勤奮，她也是個好女孩……也夠迷人。他們工作起來就像黑人一樣。我這麼形容是有點奇怪，因為就我所知，黑人絕不可能為工作而拚老命。我見過一個黑人，平常靠修剪椰子樹賺得一頓早飯，接著就埋頭睡一整天。多好的生活。」他又加上一句：「我們正在談這起凶殺案。」

依瑟・華特絲似乎有點吃驚。她轉過頭去看瑪波小姐。

「我看錯她了，」向來直話直說的拉菲爾先生仍不失本色地說道，「我對那些成天打毛衣又愛說長道短的老八婆向來沒什麼好感。可是這位相當與眾不同。她有眼睛有耳朵，而且挺會利用的。」

依瑟・華特絲抱歉地望著瑪波小姐，但瑪波小姐並不在意。

「你知道，他這是在恭維你。」依瑟解釋。

「我非常了解，」瑪波小姐說，「我也知道拉菲爾先生是個有特權的人，或者自以為他有。」

「你是什麼意思，有特權？」拉菲爾先生問。

「你想無禮就可以無禮。」瑪波小姐說。

「我無禮？」拉菲爾先生說，狀甚驚訝。「如果我冒犯了你，我很抱歉。」

「你並沒有冒犯我，」瑪波小姐說，「我很有氣度。」

「別囉嗦了。依瑟，拿張椅子過來。也許你能幫點忙。」

依瑟走到陽台，搬了一把柳條椅過來。

「我們繼續討論，」拉菲爾先生說，「我們先從老帕格夫開始談，他的死，還有他沒完沒了的故事。」

「噢，老天，」依瑟嘆了口氣。「過去我老是躲著他。」

「瑪波小姐比較有耐心，」拉菲爾先生說，「告訴我，依瑟，他可曾說過一個殺人凶手的故事給你聽？」

「噢，說過，」依瑟說，「說過好幾次。」

「那故事到底是講什麼？你好好想想。」

「這個……」依瑟開始思索。「問題是，」她帶著歉意說道，「我其實沒有仔細聽。你知道，就像那個羅德西亞獅子的故事，總是沒完沒了，久而久之你就習慣聽而不聞了。」

「噢，就說說你還記得的吧。」

「我想我們是從報上的一樁謀殺案聊起來的。帕格夫少校說，他有些經歷並不是人人都遇得上的。事實上，他曾經親眼見過一個殺人凶手。」

「見過？」拉菲爾先生喊出來。「他真的說他『見過』？」

依瑟似乎茫然不解。

「我想他是這麼說的，」她猶豫說道，「要不然就是：『我可以指出一個殺人凶手給你看。』」

「他到底是怎麼說的？這兩種說法很不一樣。」

「我真的不能確定。我想他是說，他要讓我看一張照片。」

「這才像話。」

「接著他又說了很多盧卡琪亞·波吉亞[7]的事情。」

「別管盧卡琪亞·波吉亞了，我們都知道她。」

「他談到下毒的人，還說盧卡琪亞非常漂亮，一頭紅髮。他說，這世界下過毒的女人恐怕比我們所知的多很多。」

7　盧卡琪亞·波吉亞（Lucrezia Borgia, 1480-1519），義大利文藝復興時代的貴婦，是長期藝術贊助人。

「這話說得沒錯。」瑪波小姐說。

「他還說，毒藥是女人的武器。」

「這好像扯遠了吧。」拉菲爾先生說。

「噢，當然，他說故事總是愈扯愈遠，所以你很難再仔細聽下去，只能隨口應道『是的』、『真的嗎』或是『怎麼可能』。」

「他要給你看的那張照片哪兒來的？」

「我不記得了。可能是他在報上看到的……」

「他沒有拿出一張照片給你看？」

「照片？沒有。」她搖搖頭。「我很肯定沒有。他倒是說過，她是個漂亮女人，你絕對想不到她竟是殺人凶手。」

「她？」

「這下好了，」瑪波小姐提高嗓門。「事情愈來愈複雜。」

「他說的是個女人？」拉菲爾先生問。

「是的。」

「那張照片是個女人的照片？」

「是的。」

「不可能！」

「真的是這樣，」依瑟堅持己見。「他說：『她就在這個島上，我會指給你看，再把故事原原本本說給你聽。』」

拉菲爾先生低聲罵了一句粗話。即使是針對已故的帕格夫少校，他依然不注意自己的措詞。

「說不定，」他下了結論。「他的話沒一句是真的！」

「確實令人懷疑。」瑪波小姐喃喃地說。

「這麼說來，」拉菲爾先生說，「那老傢伙逢人就說他打獵的故事，刺野豬、射老虎、獵大象、險些命喪獅口等等，其中大概只有一兩個是真的，其他不是瞎編，就是別人的經歷！然後他就開始說起謀殺的故事，張冠李戴地說了一個又一個，而且說得繪聲繪影，彷彿是他親身經歷似的！依我看，十個有九個是他在報上或電視上看到而拼湊出來的。」他的目光轉向依瑟，口氣帶著指責。「你也說你聽得不夠仔細，所以你可能誤解了他的話。」

「我確定他說的是個女人，」依瑟依然堅持。「因為我當時還在納悶那人會是誰。」

「你認為是誰呢？」瑪波小姐問。

依瑟的臉泛起紅暈，似乎有點尷尬。

「噢，我其實不……我是說，我不想……」

瑪波小姐沒再追問下去。她想，有拉菲爾先生在場，她不可能問出依瑟懷疑的對象。這種事只有在兩個女人咬耳朵的時候才套得出來。當然，依瑟．華特絲也有可能在說謊。不過瑪波小姐沒有明指出來。這雖有可能，但她認為自己並不相信。第一，她認為依瑟・華特絲不是會撒謊的人（雖然誰也說不準）。第二，她看不出她有必要扯這樣的謊。

「可是，」拉菲爾先生轉向瑪波小姐。「你說他告訴你一個殺人凶手的故事，還要給你看一張男人的照片。」

「是的，我想是這樣。」

「你『想』是這樣！你一開始可是篤定得很！」

瑪波小姐立刻反唇相稽。

「一字不差地將別人的話複述一遍，本來就不容易。我們往往會先想起自己理解的意思，然後加上自己的話重新說給別人聽。沒錯，帕格夫少校對我說過這個故事。他告訴我，告訴他這件事的人——也就是那個醫生——曾經讓他看凶手的照片。不過坦白說，我必須承認他真正跟我說的是：『想不想看殺人凶手的照片？』我當然會認為他指的就是他一直在談論的那張照片，也就是凶手的照片。但我得承認，有可能——雖然可能性微乎其微，但還是可能——他把腦海裡的思緒混在一起談，從他過去看過的一張照片，一下子跳到他最近在這裡拍下那張他認為是凶手的照片。」

「女人！」拉菲爾先生嗤之以鼻。「都一樣，全都一個樣！永遠拿不定主意，永遠不確定事情究竟是如何。好吧，現在，」他沒好氣地加了一句：「我們的結論是什麼？」他又哼了一聲。「是伊芙琳・希林頓，還是葛雷的妻子好運？整件事真是一團糟。」

這時響起一聲略帶歉意的輕咳，亞瑟・傑克遜已在拉菲爾先生的肘邊站定。他走過來的時候靜悄悄，沒有人注意到他。

「先生，按摩時間到了。」他說。

拉菲爾先生立刻勃然大怒。

「你是什麼意思，偷偷摸摸走過來，害我嚇一大跳！我完全沒聽到你的腳步聲。」

「非常抱歉，先生。」

「我今天不想做按摩，一點鬼用也沒有。」

「噢，先生，您可別這麼說，」傑克遜真夠專業，依然笑容滿面。「如果按摩中斷，你很快就會注意到有做沒做的差別。」

他手腳俐落地把輪椅轉了個方向。

瑪波小姐站起身，對依瑟笑了笑，逕自走向海灘。

# 18 牧師不在場

這天上午，海灘上顯得頗為空盪。葛雷一如往常，高聲地在水裡嬉鬧，好運則臉蛋朝下俯躺在海灘上，曬成古銅色的後背仔細地塗滿了防曬油，一頭金髮披在肩頭。希林頓夫婦不在。卡斯帕羅太太則在各色男人的伺候下，臉朝上仰躺著，不時冒出幾句快樂的西班牙語。幾個法國和義大利孩童在水邊嬉笑。玻斯卡牧師兄妹坐在海灘椅上，注視著這幕景象。牧師的帽子低低壓在眼睛上，好似半睡半醒。玻斯卡小姐身旁正好有張椅子，瑪波小姐順手拉來就坐了下來。

「噢，天哪。」她邊說邊嘆氣。

「我知道。」玻斯卡小姐說。

這是她們對這樁凶殺案的共鳴。

「可憐的女孩。」瑪波小姐說。

「真慘，」牧師說，「太悲慘了。」

「有那麼一陣子，」玻斯卡小姐說，「杰瑞米和我真想離開。不過後來我們決定留下來。我覺得這對坎東夫婦來說不公平，畢竟這不是他們的錯；這種事在任何地方都可能發生。」

「生與死是共存的。」牧師肅穆地說。

「你知道，」玻斯卡小姐說，「這地方經營的成敗對他們來說非常重要，他們把全部家產都投了進去。」

「很可愛的女孩，」瑪波小姐說，「不過她最近看起來氣色不大好。」

「緊張兮兮的，」玻斯卡小姐表示贊同。「當然，她的家庭……」她搖搖頭。

「我真的認為，瓊安，」牧師輕聲責備道，「有些事……」

「她家的事每個人都知道，」玻斯卡小姐說，「她們就住在我們家那一帶。她有個姨婆怪得很，還有個叔叔在地鐵站把衣服都脫光光，我想是在綠園那一站。」

「瓊安，這種事就別再說了。」

「好慘，」瑪波小姐邊搖頭邊說，「不過這種精神失常頗為常見。我記得我們在救濟中心工作的時候，一個很受人尊敬的老牧師也是這樣。他們打了個電話給他太太，她立刻趕到，為他罩上毛毯就塞進計程車帶回家去了。」

「當然，莫莉的直系親屬都很正常，」玻斯卡小姐說，「她和她媽媽一向處不好。話說回來，這年頭和母親處得好的女孩還真沒幾個。」

「多麼遺憾，」瑪波小姐邊搖頭邊說，「年輕女孩其實很需要母親的教導和經驗。」

「一點也沒錯，」玻斯卡小姐帶著強調的語氣說道，「你知道，據我了解，莫莉找了一個很不相配的男人。」

「這種事還真不少。」瑪波小姐說。

「她家裡當然反對……其實她沒告訴他們，他們是從一個陌生人那裡聽說的。當然，她媽媽說她必須帶他到家裡，大家正式見個面。據我所知，莫莉拒絕這樣做。她說拉他去見家人，讓大家評頭論足，這對他來說是個侮辱，好像當他是一匹馬似的。」

瑪波小姐嘆了口氣。

「跟年輕人打交道還真需要一點技巧。」她喃喃自語道。

「反正就是這樣，所以他們禁止她再見他。」

「這年頭這樣是行不通的，」瑪波小姐說，「現在的女孩子都有工作，無論有沒有人禁止，她們想見誰都見得了。」

「不過，幸運的是，」玻斯卡小姐接著說，「後來她遇見了提姆．坎東，和那人就慢慢淡了。你不曉得，她家人不知鬆了多大一口氣呢。」

「希望他們沒表現得太明顯，」瑪波小姐說，「否則會讓女孩子和家人漸行漸遠。」

「沒錯，真是如此。」

「這令我回想起自己的經歷。」瑪波小姐不禁喃喃說道。

瑪波小姐的思緒回到過去，她曾在一次槌球賽中遇見一個年輕人。他人似乎不錯，個性開朗，頗有名士作風。他非常中她父親的意，說他條件好，和她很相配，還不只一次邀他到家裡來作客。可是後來瑪波小姐發現他很無趣，非常無趣。

牧師似乎睡得很沉，瑪波小姐因此試探地提起她急於探究的話題。

「你對這地方一定很熟，」她低聲說，「你們連續來好幾年了，對吧？」

「噢，去年和前兩年都來。我們非常喜歡聖哈諾島，總是碰到很好的遊客，不會遇上那種俗不可耐的超級富豪。」

「這麼說，你對希林頓和戴孫這兩對夫婦所知甚多？」

「沒錯，我知道不少。」

瑪波小姐清清喉嚨，壓低嗓門。

「帕格夫少校告訴過我一個非常有意思的故事。」她說。

「他有一肚子的故事，對吧？他去過很多地方，非洲、印度，我相信連中國都去過。」

「的確，」瑪波小姐說，「但我說的不是這種故事。那故事……呃，和我剛提過的人有關。」

「噢？」玻斯卡小姐說，語調帶有弦外之音。

「是的。我不知道，」瑪波小姐將目光慢慢移向俯躺著曬太陽的好運。「那身古銅色真漂亮，是吧？」瑪波小姐說，「還有她的頭髮，真迷人，和莫莉．坎東的顏色幾乎一模一樣，是不是？」

「唯一的不同是，」玻斯卡小姐說，「莫莉的髮色是天生的，好運的美髮則是染髮劑的傑作！」

「真是的，瓊安，」牧師出其不意醒了過來。「你不覺得你這麼說太刻薄了？」

「這不是刻薄，」玻斯卡小姐立刻回答，「這純粹是事實。」

「在我看來，她頭髮挺漂亮的。」牧師說。

「那當然，所以她才要染髮啊。不過我告訴你，親愛的杰瑞米，女人一眼就看得出她染頭髮。你說是不是？」她轉向瑪波小姐求援。

「呃，恐怕……」瑪波小姐說，「當然，我不像你那麼有經驗，不過，恐怕……我敢說那一定不是她的天然髮色。因為每隔五、六天她的髮根就會……」

她看看玻斯卡小姐，兩人會心地互相點點頭。

牧師好像又睡著了。

「帕格夫少校曾經告訴我一個很特別的故事，」瑪波小姐低聲說道，「是關於……呃，我也說不清楚，我偶爾有點耳背。他好像是說，要不就是暗示……」她打住話頭。

「我知道你的意思。當時閒話很多。」

「你說當時，是指……」

「是指第一任戴孫太太死的時候。她的死非常令人意外，事實上，每個人都認為她很會幻想……妄想症吧。所以，當她突然意外得病死去時，大家難免議論紛紛。」

「當時完全沒有……任何問題嗎？」

「醫生也很感不解。那醫生很年輕，沒多少經驗，是那種我所謂用抗生素治百病的人。你知道，那種人不會費心為病人仔細檢查，也不在乎病因究竟為何。他們就知道從藥瓶裡倒出幾顆藥丸給病人吃，如果不見好轉，就換另一種藥。沒錯，我相信他也搞不清楚，但她好像以前就有腸胃病，至少她丈夫是這麼說的。大家沒理由認為她的死有可疑之處。」

「可是你自己認為……」

「噢，我一向很開明，不過這確實令人納悶，你知道。再加上一些風言風語……」

「瓊安！」牧師身子坐直，看來很生氣。「我不喜歡……我實在不願意聽到這種惡意的是非傳來傳去。我們一向反對這種事。非禮勿視，非禮勿聽，非禮勿言，更重要的是，非禮勿思！這應該是每個基督徒的座右銘。」

兩個女人一語不發地坐著。她們倆挨了訓，且由於教養使然，她們乖乖接受了批評，但內心不免委屈、惱怒，也頗不甘心。玻斯卡小姐毫不掩飾地白了哥哥一眼，瑪波小姐則是拿出針線，怔怔地瞪著它。

算她們運氣好，機會來了。

「伯伯。」一個細小的聲音喊道，是個一直在水邊玩耍的法國小孩。她悄悄走過來，在玻斯卡牧師的椅子旁邊站住。「伯伯。」她又叫了一聲。

「啊，什麼事，親愛的？什麼事呢，小朋友？」

小女孩解釋，因為不知該換誰玩游泳圈這類細故，她和別的孩子起了爭執。玻斯卡牧師非常喜歡小孩，尤其是小女孩。如果是為孩子排解糾紛，他總是欣然就往。於是他高高興興地站起身，隨那個女孩往海邊去了。瑪波小姐和玻斯卡小姐鬆了一大口氣，立刻又興高采烈攀談起來。

§

「杰瑞米非常反對惡意的閒話。當然，他說得沒錯，」玻斯卡小姐說，「但是人總不能對別人說的話充耳不聞吧。更何況，我剛才說過，當時的傳言可多了。」

「是嗎？」瑪波小姐的語氣在催她說下去。

「那個年輕女人，你知道，當時還叫格勒麗絲小姐……應該是這個名字，我記不得了。她是戴孫太太的一個表妹，過來照顧她，為她配藥之類的。」她故意頓了頓。「據我所知，」玻斯卡小姐壓低了聲音。「戴孫先生和這位小姐一直眉來眼去，很多人都注意到了。在這種地方，這種事情很容易被發現。後來，有人說愛德華・希林頓幫她去藥局拿了什麼東西。」

「噢，愛德華・希林頓也捲了進來？」

「噢，沒錯，他好迷她，這大家也注意到了。好運，也就是格勒麗絲小姐，從中挑撥離間……就是在葛雷．戴孫和愛德華．希林頓之間。你得承認，她是個很有魅力的女人。」

「可惜她現在不年輕了。」瑪波小姐回答。

「確實。但是她的妝化得好，氣質也不錯。當然，她不像當初還是窮親戚時那麼有魅力。那時候她對她患病的表姐看來忠心耿耿，可是你看，後來竟然如此。」

「關於買藥的事，大家怎麼會知道？」

「噢，那藥不是在詹姆斯鎮買的。我想他們是在法屬馬提尼克島買的。我相信法國人在藥品管制上比我們寬鬆；那個藥劑師把那事告訴別人，事情就這麼傳開了……噢，你知道，八卦總會一傳十、十傳百。」

瑪波小姐當然知道，她太清楚了。

「他說希林頓上校要配一種藥，可是他自己也不清楚那是什麼，只是照著一張單子上所寫的來買。反正大家是這麼傳的。」

「可是我想不通希林頓上校怎麼會……」瑪波小姐蹙起肩頭，表示不解。

「我想他只是被人利用。總之，葛雷．戴孫很快就又再娶，時間短得不像話。據我所知，好像一個月都不到。」

兩人對望一眼。

「可是並沒有確鑿的證據？」瑪波小姐問。

「噢，沒有，純粹是傳言。當然，或許根本就是無中生有。」

「帕格夫少校可不這麼認為。」

「他對你這麼說？」

「我當時其實沒有用心聽，」瑪波小姐坦言，「我只是在想……呃，他……不知道他可曾告訴你同樣的事？」

「他曾經把她指給我看。」玻斯卡小姐說。

「真的？他真的把她指了出來？」

「是的。事實上，我一開始還以為他指的是希林頓太太呢。他一面咯咯笑，一面說道：『你看那邊那個女人。依我看，她是個逍遙法外的殺人凶手。』我聽了當然非常震驚。我說：『你一定是在開玩笑，帕格夫少校。』他就說：『沒錯，沒錯，親愛的小姐，就當我是開玩笑吧。』當時戴孫夫婦和希林頓夫婦就坐在離我們不遠的餐桌邊，我真擔心他們會聽見。不過他又咯咯笑著說：『我可不願意參加酒會時讓人在雞尾酒裡羼藥，這太像浴室奇案中的那頓晚餐了。』」

「真有意思，」瑪波小姐說，「他可曾提到……一張照片？」

「我不記得有……是不是剪報之類的？」

瑪波小姐正待開口，隨即打住。陽光忽然被一個影子擋住。伊芙琳．希林頓駐足在她們身邊。

「早安。」她說。

「我還在納悶，不知你到哪裡去了。」玻斯卡小姐滿面笑容地說。

「我到詹姆斯鎮買東西去了。」

「噢，原來如此。」

玻斯卡小姐隨意朝四下望了望。伊芙琳．希林頓說：「噢，我沒帶愛德華一道去。男人不喜歡買東西。」

「有沒有看到有趣的東西？」

「我不是去逛街。我去的是藥局。」

她面帶微笑地頷首，繼續往海灘走去。

「希林頓夫婦真是好人，」玻斯卡小姐說，「雖然她不大容易接近，你說是嗎？我的意思是，她總是笑容可掬，不過你永遠無法了解她。」

瑪波緩緩點頭同意，彷彿若有所思。

「也永遠不知道她在想什麼。」玻斯卡小姐又說。

「或許這樣倒好。」瑪波小姐說。

「你說什麼？」

「噢，沒什麼。只是我總覺得，她內心似乎並不安寧。」

「噢，」玻斯卡小姐說，似乎感到不解。「我知道你的意思。」她稍稍換了話題。「聽說他們在漢普郡有棟漂亮的房子，還有一個兒子還是兩個，他們——要不就是其中一個——剛去溫徹斯特求學。」

「你對漢普郡很熟？」

「不，完全不熟。聽說他們的房子離伊頓公學很近。」

「原來如此。」瑪波小姐頓了頓，接著又問：「那戴孫夫婦住在哪裡？」

「美國加州，」玻斯卡小姐說，「這是指他們在家的時候。他們經常出外旅行。」

「對於在旅途中認識的人，我們所知其實有限，」瑪波小姐說，「我的意思是……我該怎麼說才好呢？我們只知道他們願意讓我們知道的事，你說是不是？舉例來說，你就不知道戴孫夫婦是不是真的住在美國加州。」

玻斯卡小姐聞言似乎十分吃驚。

「我確定戴孫先生提起過。」

「沒錯，一點也沒錯，我就是這個意思。或許希林頓夫婦也一樣。我的意思是，你說他們住在漢普郡，其實只是把他們的話重複一遍，對吧？」

玻斯卡小姐面露驚慌。

「你的意思是，他們不住在漢普郡？」她問。

「不，不，我不是這個意思，」瑪波小姐連忙帶著歉意回答，「我只是打個比方，說明我們對別人並不見得真正了解。」她又補充道：「我告訴你我住在聖瑪莉米德村，這地方我敢說你從未聽說過。可是，請別見怪，其實你也無從判斷真假，對吧？」

玻斯卡小姐忍住沒衝出口說，她才不在乎瑪波小姐到底住在什麼地方。她只知道那是在英國南部鄉下，這就夠了。

「噢，我懂你的意思，」她急忙附和道，「我知道，人在國外旅行的時候愈小心愈好。」

「我其實不是那個意思。」瑪波小姐說。

瑪波小姐腦海中閃過一些奇怪的念頭。她自問，她是不是真的確定玻斯卡牧師兄妹確實是玻斯卡牧師兄妹。這是他們自己說的，沒有證據能證明他們不是。要假扮成這種身分其實易如反掌，只要套上牧師領結，穿上恰當的衣服，談吐像個牧師就行了。如果他們有這個動機……

瑪波小姐對自己家鄉的牧師所知甚多，不過玻斯卡兄妹是北方人……是從杜爾罕來的吧？她並不懷疑他們是玻斯卡兄妹，但話說回來，還是那句老話：大家相信的只是別人說出來的話而已。

或許每個人都該多點警覺才對。或許……她心事重重地搖搖頭。

# 19 一隻鞋的用途

玻斯卡牧師從水邊走回來，有點上氣不接下氣。和小孩子玩耍總是很累人。沒多久，他和妹妹覺得海灘有點熱，就一同回飯店去了。

「可是，」他們走遠後，卡斯帕羅太太帶著輕蔑說道，「海灘怎麼會太熱？真是胡說八道。看看她那身打扮，手臂、脖子全都包得密不透風。這樣也好。她的皮膚看來太可怕，像拔了毛的雞一樣！」

瑪波小姐深吸一口氣。要和卡斯帕羅太太談話，不趁現在更待何時？不幸的是，她不知道該說什麼。她們之間似乎沒有共同話題。

「你有孩子嗎，這位太太？」她問。

「我有三個小天使。」卡斯帕羅太太一面親吻指尖一面說。

瑪波小姐不確定卡斯帕羅太太的意思是說她的小孩都在天堂，還是指他們的個性就像天使一樣。
她身邊的一位男侍以西班牙語說了什麼，卡斯帕羅太太會心地一仰頭，縱聲大笑起來。
「你懂他說的話嗎？」她問瑪波小姐。
「恐怕我不懂。」瑪波小姐帶著歉意說道。
「不懂也好。他是個壞男人。」
緊接著兩人又用西班牙語打趣一陣。
「真可恥，太可恥了，」卡斯帕羅太太突然嚴肅起來，開始改用英語。「警察不讓我們離開這個島。我大發脾氣，大喊大叫，一直跺腳，他們還是說不行，就是不行。你知道最後會怎樣？到頭來我們都會被殺掉。」
她的保鏢試著安慰她。
「可是，我告訴你，這地方不吉祥。打一開始我就知道。那個老少校，那個醜八怪，他有一隻邪惡之眼……你記不記得，他的眼睛是鬥雞眼，這就是不吉利！每當他朝我這邊看，我都會做手勢祈求神明保佑，」她邊說邊比畫。「不過，因為他是鬥雞眼，我其實也搞不清他是不是在朝我這邊看。」
「他有隻眼睛是玻璃做的，」瑪波小姐解釋，「據我所知，是年輕時出了一場事故後裝的。這不是他的錯。」
「我告訴你，是他帶來了厄運。我敢說是他那隻邪惡之眼。」

她又伸出一隻手，做了個眾所周知的拉丁手勢……食指和小指伸出，中間的手指彎入。「不管怎麼說，」她看起來很開心。「他已經死了，我不必再看他了。我不喜歡看醜的東西。」

瑪波小姐心想，對帕格夫少校來說，這段墓誌銘未免太殘酷了。

海灘遠處，葛雷・戴孫已從海水中走上岸，好運也在沙灘上翻了個身。伊芙琳・希林頓的目光緊盯著好運，不知為什麼，那表情讓瑪波小姐不寒而慄。

「我當然不可能是發冷，在這炎炎烈日下。」她想。

那句老話是怎麼說的？「一隻鵝正踏過你的墳墓……」

她站起身，慢慢走回草屋。

途中她遇見了拉菲爾先生和依瑟・華特絲，兩人正沿著海灘走過來。拉菲爾先生朝她眨眨眼，瑪波小姐沒理他，她看來很憂心。

她走進草屋，往床上一躺，感到自己老了，疲倦而焦慮。

她很清楚，沒有時間可浪費了。沒有時間……再晚就來不及了。太陽即將下山。太陽。要直視太陽必須透過燻黑的玻璃。有人曾經給了她一塊這樣的玻璃，它現在跑去哪裡了呢？

不，她根本不需要那塊玻璃。一道陰影為她擋住了太陽。一道陰影。伊芙琳・希林頓的陰影……不，不是伊芙琳・希林頓。那道陰影（那句話是怎麼說的？）是死亡蔭谷的陰影。就是這樣。她必須……必須怎麼樣？做個新月形的手勢，避開邪惡之眼，帕格夫少校邪惡的眼睛。

她的眼皮霍地睜開……她竟然睡著了。不過，剛才確實有個陰影，有人在窗外偷窺。

那影子走開了。瑪波小姐認出那是誰。是傑克遜。

「真不禮貌，這樣偷看別人，」她心想，又補上一句：「就像喬納斯·帕瑞。」

這樣的對比對傑克遜來說當然不是誇讚。

她接著又想，傑克遜為什麼要窺視她的臥室？想知道她在不在？還是明知她在，只是看她是不是睡著了？

她爬下床，走進浴室，從窗戶邊小心地向外看。

亞瑟·傑克遜站在隔壁草屋的門邊。那是拉菲爾先生的草屋。只見他迅速地四下張望，接著一溜煙竄進屋裡去了。有意思，瑪波小姐心想。他為什麼要以那種鬼鬼祟祟的眼神環顧四望？他走進拉菲爾先生的草屋是天經地義之事，因為他自己的房間就在裡面，做這做那總得出出進進的，所以為什麼要偷偷摸摸四下張望，一副心虛的模樣？「只有一個原因，」瑪波小姐自問自答，「他不想讓任何人在這時候看見他走進草屋，因為他要在屋裡動手腳。」

當然，這時候除了幾個去遊玩的人之外，其他人幾乎都在海灘上。再過二十分鐘左右，傑克遜必須走到海邊，扶著拉菲爾先生下水泡泡。如果他想趁人不注意時在草屋裡動手腳，現在正是機會。現在，他認為瑪波小姐在床上睡著了，也確信附近沒有人會注意到他的行動。那好，她必須盡力配合他。

瑪波小姐坐在床上，脫掉俐落的涼鞋，換上一雙膠底帆布鞋。接著她搖搖頭，脫掉布鞋，在箱子裡翻出另一雙鞋，其中一個鞋跟幾天前因為卡到門邊的鉤子，現在有點歪斜。瑪波用指甲銼刀小心地把它弄得更加歪斜，接著只穿長襪，小心翼翼地走到戶外。

瑪波小姐將拉菲爾先生的草屋細細梭巡了一遍，活像個狩獵高手正待趨近迎面而來的一群羚羊。她輕手輕腳繞到草屋一角，將手裡拿的一隻鞋套上，再把另一隻鞋的鞋跟用力扭扭，這才慢慢屈膝，匍伏在窗戶下的牆上。如果傑克遜聽到任何動靜，跑到窗戶邊向外張望，他會發現原來是個老太太因鞋跟斷裂而摔倒在地。不過，傑克遜顯然什麼也沒聽到。

瑪波小姐非常、非常小心地抬起頭。草屋的窗戶很低。她躲在一叢藤蔓後面，向裡頭張望。

傑克遜跪在一個公文箱前，箱蓋是開的，瑪波小姐看出那是個特製的箱子，裡面有許多小格板，用來分別放置不同的文件。傑克遜一一翻閱，不時從長信封中抽出文件來看。瑪波小姐並沒有觀察太久。她只想知道傑克遜在做什麼，現在她知道了。傑克遜在偷看。他是特地來找什麼東西，還是只想滿足好奇的天性，她無從判斷，不過她證實了自己的想法無誤：亞瑟·傑克遜和喬納斯·帕瑞不只外表相像，其他特質也很相近。

現在，她的問題是如何撤退。她再度蹲伏身子，小心翼翼地沿著花床爬出，直到離開窗戶的視線才站起身。她回到草屋，小心地將那隻鞋和脫落的後跟收好。她滿臉憐愛地望著那隻鞋。很好的道具。必要的話，哪天還能派上用場。她換上涼鞋，若有所思地朝海灘走去。

瑪波小姐特意選了依瑟．華特絲下水的時候，坐進依瑟剛空出的座椅。葛雷與好運正和卡斯帕羅太太談笑取樂著，不時爆出一陣哄笑。瑪波小姐眼睛並沒有看向拉菲爾先生，她屏著氣，聲音非常之低。

「你知道傑克遜都在偷看你的東西嗎？」

「這我並不意外，」拉菲爾先生說，「你逮到他了，對吧？」

「我想辦法從窗子裡看見了他。他打開你一個箱子，偷看你的文件。」

「他一定不知道用什麼方法拿到了鑰匙，聰明的傢伙。不過他會失望的，用這種方法找東西，一點用也沒有。」

「他來了。」瑪波小姐朝飯店方向掃了一眼，口中說道。

「又到了無聊的下水時刻。」他又加上一句，語氣非常輕。「至於你，可別再冒險犯難了。我們可不願意下一個是參加你的葬禮。別忘了你的歲數，而且要特別當心。別忘了，這裡有個人可是不擇手段的。」

# 20 夜半風波

夜幕降臨，露台上的燈點亮了。人們一如往常地進餐、談笑，雖然聲音不如一兩天前那麼大，也沒那麼快樂。鋼樂隊繼續演奏著。

不過舞會很早就結束了。人們打著哈欠回房睡覺。燈光盡滅，一片漆黑、寂靜。金棕櫚飯店陷入了沉睡。

「伊芙琳，伊芙琳！」那叫聲又短又急。

伊芙琳．希林頓猛然驚醒，在枕頭上轉過頭。

「伊芙琳，請你醒醒。」

伊芙琳．希林頓霍地坐起。提姆．坎東站在走道上。她吃驚地望著他。

「伊芙琳，請你來一下好嗎？是……莫莉，她病了，我不知道她怎麼了。我想她是吃了什麼藥。」

伊芙琳動作果斷而迅速。

「好，提姆，我就來。你先回去陪她，我馬上就到。」

提姆．坎東走了。伊芙琳溜下床，披上一件睡袍，望向另一張床。她丈夫似乎還在沉睡。他躺在床上，頭側向一邊，平穩地呼吸著。伊芙琳猶豫片刻，決定不去吵醒他。她走出房門，飛快地穿過主樓，來到坎東夫婦的房間。她在門口趕上了提姆。

莫莉躺在床上，雙目緊閉，呼吸顯然並不順暢。伊芙琳彎腰俯身，翻翻她的眼皮，又摸摸她的脈搏，然後望望床邊的桌几。桌上有一只用過的玻璃杯，旁邊是個空藥瓶。她順手拿起藥瓶。

「是她的安眠藥，」提姆說，「不過這藥瓶昨天或前天還是半滿的。我想她一定是吃過量了。」

「去找葛漢醫生，」伊芙琳說，「順便把其他人叫醒，要他們沖杯濃咖啡過來，愈濃愈好，快。」

提姆衝出門，在門邊和愛德華．希林頓撞了個滿懷。

「噢，對不起，愛德華。」

「出了什麼事？」希林頓問，「怎麼了？」

「是莫莉，伊芙琳在陪她。我得去找醫生。我想我本來應該先去找他的，但我不確定，而且我想伊芙琳會有辦法。如果沒有必要就找醫生來，莫莉會生氣的。」

他說完就跑開了。愛德華．希林頓望著他的背影半晌，這才走進臥室。

「怎麼回事？」他說，「嚴不嚴重？」

「噢，是你，愛德華，我還以為你睡著了。這個傻孩子吃了藥。」

「情況很糟嗎？」

「不知道她吃了多少，我沒辦法判斷。我想如果搶救及時，應該沒有大礙。我已經找人沖咖啡去了，如果能讓她灌下一些……」

「可是她為什麼要這麼做？你不認為……」他話沒說完。

「我不認為什麼？」伊芙琳說。

「你不認為這是因為那次訊問，還有警察展開調查的緣故？」

「當然，這有可能。那種事對神經緊張的人來說是很大的驚嚇。」

「莫莉看起來不像是個神經兮兮的人。」

「這很難說，」伊芙琳說，「有時候就是那些最意料不到的人會出問題。」

「確實，我記得……」他又停住沒說完。

「其實，」伊芙琳說，「人與人之間很難彼此了解，」她又說：「即使是最親近的人。」

「這話有點扯遠了，伊芙琳，你太誇張了吧？」

「我不認為是誇張。當你想及某個人時，其實心中出現的是你為這人所塑造的形象。」

「我就很了解你。」愛德華．希林頓靜靜說道。

「你自以為了解我。」

「不，我真的了解你，」他又加了一句：「你也很了解我。」

伊芙琳看看他，又轉頭去看床上。她握住莫莉雙肩，用力搖晃。

「我們應該想點辦法，不過我想最好等葛漢醫生來了再說。噢，我想我聽到他們的腳步聲了。」

§

「她現在沒事了。」

葛漢醫生後退一步，掏出手帕擦擦前額，如釋重負地呼出一口氣。

「醫生，你認為她會好起來嗎？」提姆問，口氣甚為焦急。

「會的，會的。我們的搶救算是及時，而且她吃的藥不多，不足以致命，休息個幾天就沒事了。不過這一兩天會很難受。」他拿起空藥瓶。「這藥到底是誰給她的呢？」

「是紐約的一個醫生。她那時候睡不好。」

「唉，據我所知，現在的醫生動不動就開這種藥。再也沒人要那些睡不著的女孩去數羊、起床吃一塊餅乾，或是寫幾封信再回去睡。快速療效，現代人只要這個。有時候要開這種藥給病人，我都會覺得難過。人要學會忍耐，嬰兒一哭就在他嘴裡塞奶嘴，這辦法固然不錯，可是總不能一輩子都這麼做，」他輕笑一聲。「我敢打賭，如果你問瑪波小姐睡不著的時候怎麼辦，她一定會說數跳欄的羊。」

他轉身回去看正在床上輾轉挪動的莫莉。她的眼睛已經睜開，正面無表情地看著大家，好像完全不認得。葛漢醫生握住她的手。

「嗨，親愛的，你對自己做了什麼傻事？」

她眨眨眼，沒有回答。

「你為什麼要這麼做，莫莉，為什麼？告訴我為什麼？」提姆握住她另一隻手。

她的眼睛依舊木然。她的目光似乎定在某人身上，是伊芙琳・希林頓。那目光中彷彿帶有一絲疑問，不過很難看出。伊芙琳開口說話，好像在回答她的疑問。

「是提姆找我來的。」她說。

那對眼睛看看提姆，接著轉向葛漢醫生。

「你很快就會好起來，」葛漢醫生說，「可是別再這麼做了。」

「她不是故意的，」提姆低聲說，「我敢確定她不是故意的。她只想有一夜好眠。可能藥丸一開始沒有奏效，所以她又多吃了些。是這樣吧，莫莉？」

她微微搖搖頭。

「你是說……你是故意多吃了藥？」提姆問。

莫莉開口了。

「對。」她說。

「可是，為什麼，莫莉，為什麼？」

她垂下眼簾。

「我怕……」聲音低得幾乎聽不見。

「怕？你怕什麼？」

可是她已閉上眼睛。

「我們最好讓她休息。」葛漢醫生說。

提姆衝動地說：「你怕什麼？怕警察？因為他們追問你、纏著你不放？這也難怪。換作任何人都會害怕。不過這只是他們的例行公事，沒什麼特別的。沒有人會認為……」他的話只說了一半。

葛漢醫生向他做了個阻止的手勢。

「我想睡覺。」莫莉說。

「這樣最好。」葛漢醫生說。

他走向門口，其他人尾隨於後。

「她現在一定睡得著了。」葛漢醫生說。

「我該做什麼呢？」提姆問，語氣帶有男人煩躁下的掛慮。

「如果你希望，我可以留下來陪她。」伊芙琳柔聲說道。

「噢，不，不用，她已經沒事了。」提姆說。

伊芙琳走回床邊。

「要不要我陪你，莫莉？」

莫莉再度睜開雙眼。她說：「不用。」她頓了頓又說：「我只要提姆陪。」

提姆走回來，在床沿坐下。

「我在這裡，莫莉，」他邊說邊握住她的手。「好好睡吧，我不會離開你。」

她輕嘆一聲，閉上眼睛。

醫生在草屋外駐足片刻，希林頓夫婦和他站在一起。

「真的沒什麼需要我做的？」伊芙琳問。

「我想沒有。謝謝你，希林頓太太，她和丈夫在一起比較好。不過，或許明天──畢竟他得照顧飯店──有個人陪她比較好。」

「你認為她會……會再試一次嗎？」希林頓問。

葛漢煩惱地揉揉額頭。

「這種事很難說。事實上，不大可能。你們都看到了，急救過程實在難以卒睹。當然，我不能百分之百肯定，她或許藏有更多的安眠藥。」

「我從來沒想到，莫莉這樣的女孩竟然也會自殺。」希林頓說。

葛漢醫生面無表情地說：「成天嚷著要自殺的人不會真的去自殺。他們只是誇大其辭、發洩情緒而已。」

「莫莉向來很快樂。我想，」伊芙琳躊躇著。「也許我該告訴你了，葛漢醫生。」

她把維多利亞被害那晚她和莫莉在海灘的一席談話，一五一十告訴了葛漢。醫生聽完後，臉色非常凝重。

「很高興你告訴了我，希林頓太太。她心底顯然有些揮之不去的困擾。好，明早我會找她丈夫談談。」

§

「我想和你好好談談，坎東，是關於你太太。」

兩人坐在提姆的辦公室裡。伊芙琳・希林頓代替他陪在莫莉身邊。好運也答應要來，套句她自己的說法：「來接她的班」。瑪波小姐也主動說要幫忙。可憐的提姆，一面得照顧飯店，一面又要擔心妻子，簡直是焦頭爛額。

「我不懂，」提姆說，「我不再了解莫莉了。她變了，完全變了一個人。」

「據我所知，她一直在做噩夢？」

「是的，她抱怨過好多次。」

「有多久了？」

「噢，我不知道，大概……噢，我想有一個月了吧，或許更久。她……我們認為那只是……噢，夢魘，你知道的。」

「沒錯，沒錯，我了解。不過她似乎在害怕什麼人，這樣一來，症狀就嚴重得多。她對你說過嗎？」

「噢，有的，她提過一兩次，說有人在跟蹤她。」

「啊！在跟蹤她？」

「是的，她確實是這麼說的。她說那是她的敵人，他們跟蹤她到這裡來了。」

「她有仇人嗎，坎東先生？」

「沒有，當然沒有。」

「她在英國可曾出過什麼事，我是指在你們結婚之前？」

「噢，沒有，完全沒有。她和家人處得不太好，僅此而已。她媽媽很古怪，大概很難相處，不過……」

「她的家族可有任何心理疾病的病史？」

提姆直覺地張開嘴，隨即又閉上。他把面前桌上的鋼筆推到一旁。

醫生說：「提姆，我必須強調，如果真有這樣的病史，你最好告訴我。」

「唉，好吧，我想也是。但其實並不嚴重，只是我聽說她有個姨媽還是什麼的，腦袋少了根筋。但這也沒什麼。我的意思是，呃，這種事幾乎家家都有。」

「噢，沒錯，沒錯，確實如此。我不是要嚇唬你，不過，這有可能代表著某種傾向……呃，精神崩潰，或是一緊張就會產生幻覺。」

「我其實也不清楚，」提姆說，「你不會把自己的家族史一股腦都告訴別人，對吧？」

「確實不會。她以前有沒有男友……她有沒有和別人訂過婚，而這人要脅過她，因為吃醋而威脅她？可有這種事情？」

「我不知道，我想沒有。莫莉在遇到我之前確實訂過婚。據我所知，她父母非常反對。不過，我想她之所以和那傢伙在一起，多半是出於被壓制和叛逆的心理，」他突然咧嘴一笑。

「你知道，年輕人就是這樣。如果有人橫加阻擋，只會讓她和那人更親近，不管那人是誰。」

葛漢醫生也笑了。

「啊，沒錯，這很常見。我們不該硬是阻撓孩子交一些不好的朋友，他們往往會自己慢慢疏遠。這個男人，且不管他是誰，並沒有威脅過莫莉？」

「沒有，我敢確定沒有，不然她會告訴我。她自己也說她那時候處於青春期，只因為他聲名狼藉就傻傻的迷上他。」

「沒錯。看來情況並不嚴重。不過，還有一件事。你太太顯然有她自己形容為『記憶一片空白』的情形。她常有一段時間記不得自己做過什麼事。這你可知道，提姆？」

「不……」提姆說得很遲疑。「不，我不知道。她沒告訴過我。不過，既然你提起，我倒是注意到，她有時候看起來似乎一片茫然。」他頓了頓，思索片刻。「對，原來是這樣。

以前我一直不懂她為何有時連最簡單的事情都會忘記，甚至日夜不分。我還以為她只是心不在焉。」

「原因就在於此，提姆。我鄭重建議你，帶你太太去找個一流的專家看看。」

提姆氣得滿臉通紅。

「你的意思是精神科專家？」

「噢，稱謂並不重要。精神科專家或是心理專家都可以，只要是專治外行人所謂精神失調症的高手就行。金斯頓有個醫生不錯，當然，紐約也有。你太太的精神恐懼一定是事出有因，只是恐怕她自己也不清楚是什麼原因。替她找個醫生，提姆，愈快愈好。」他拍拍那個年輕男人的肩頭，站起身來。「日前沒什麼好擔心。你太太有不少好朋友，我們都會密切觀察她。」

「她不會……你想她不會再做傻事吧？」

「我認為可能性微乎其微。」葛漢醫生說。

「可是你不能保證。」提姆說。

「人很難保證任何事情，」葛漢醫生說，「這是做我們這行學到的第一件事。」他的手再度放上提姆的肩頭。「不要太擔心。」

「說得倒容易，」醫生離開後，提姆自言自語道，「不要擔心，真是的！他以為我是什麼做的？」

# 21
# 傑克遜研究化妝品

「你真的不介意嗎，瑪波小姐？」伊芙琳．希林頓說。

「噢，真的，親愛的，」瑪波小姐說，「能幫上忙我高興還來不及呢。你知道，到了我這個年紀，常會覺得自己毫無用處。尤其在這種地方，什麼事都沒得做，光是閒遊玩樂。噢，我很高興能陪陪莫莉，你去玩你的吧。你們這回要去鵜鶘角，是不是？」

「是的，」伊芙琳說，「我和愛德華都很喜歡那個地方。我愛看鳥兒俯衝抓魚，怎麼看都看不膩。提姆現在正陪著莫莉，不過他有事要做，又不願留下她一人。」

「他想得沒錯，」瑪波小姐說，「換成是我，也不會扔下她不管。不怕一萬，就怕萬一，你說是不是？任何人起過這種念頭……噢，放心去吧，親愛的。」

伊芙琳轉身離開，加入正在等候著她的小團體：她丈夫、戴孫夫婦，還有另外三、四個人。瑪波小姐將針線配備檢查了一遍，確定東西都帶全了，這才走向坎東夫婦的草屋。

她剛走到前廊，就聽到提姆的聲音從半開的落地窗內傳來。

「我真希望你能告訴我為什麼，莫莉。為什麼？是不是我做錯了什麼？你這麼做一定有理由，告訴我吧。」

瑪波小姐停住腳步。裡頭靜默了好半晌，才聽到莫莉開了口。她的聲音平板而疲憊。

「我不知道，提姆，我真的不知道。我想，我是被鬼附身了吧。」

瑪波小姐敲敲窗戶，走進房間。

「噢，你來了，瑪波小姐。你真是太好心了。」

「沒什麼，」瑪波小姐說，「很高興能幫上忙。我可以坐在這張椅子上嗎？你看來氣色好多了，莫莉。我真高興。」

「我很好，」莫莉說，「好得很，就是……噢，就是想睡覺。」

「我不會說話，」瑪波小姐說，「你就安靜躺著休息吧。我就在這裡織我的毛衣。」

提姆．坎東以感激的眼神望了她一眼，隨即踏出房門。瑪波小姐在椅子上坐下。

莫莉靠左側躺著，眼神茫然而疲倦。她以一種幾近耳語的聲音說道：「你真好，瑪波小姐。我……我想睡一會。」

她翻過身子，背對著瑪波小姐閉上了眼睛。她的呼吸愈來愈規律，不過依然不甚正常。出於長年的護理經驗，瑪波小姐不自覺地整理起床單來。她將床單塞進靠她這側的床墊下，突然，她觸碰到一個長方形的硬物。她帶著訝異，將它取出一看，原來是一本書。瑪波小姐的目光朝床上的女孩迅速掃了掃。女孩靜靜躺著，顯然已經睡著。瑪波小姐打開書，是一本關於精神疾病的著作，新近才出版。書頁自動翻停到一個段落，是一段描寫妄想恐懼症與其他精神分裂症狀的文字。

這是一本外行人也能看懂的通俗讀物，並不是一本專業著作。瑪波小姐愈讀臉色愈見凝重。讀了一陣子後，她闔上書頁，陷入沉思，接著屈身彎腰，小心地把書塞進床墊下，放回原處。

她搖搖頭，表示不解。她悄悄地從椅子上站起身，朝窗戶走了幾步，忽然又猛然轉過頭來。莫莉的眼睛是睜開的，可是一看見瑪波小姐轉過頭，又立刻閉上眼睛。一時之間，瑪波小姐也不確定那電光石火般的一瞥是不是出於自己想像。莫莉在裝睡嗎？這也很自然。她可能認為，如果自己表現出清醒的模樣，瑪波小姐就會找她說話。對，可能就是這樣。

而莫莉那一瞥當中是否透著一絲天生的狡獪呢？你不可能知道的，瑪波小姐心想，誰也無從得知。

她打定主意，要盡快找葛漢醫生談談。她坐回床邊的椅子上，觀察了約莫五分鐘，確定莫莉是真的睡著了。再沒有人能躺得那麼安靜，呼吸那麼平穩。瑪波小姐再度站起身。她今天穿的是便鞋，或許不甚雅觀，不過很適合這種氣候，穿在腳上也很舒服。

她在臥室裡輕步繞了幾圈，不時在兩扇窗戶之間停下。那兩扇窗分別開向左右，可以望見兩個不同的方向。

飯店庭院似乎空無一人。瑪波小姐走回床邊，正待坐下，就聽到外頭傳來一個微弱的聲音，像是一隻鞋在涼廊的地上擦過。她猶豫片刻，走向落地窗，將窗往外推開些，自己一面向外走一面轉頭對著臥室說道：「我一會就回來，親愛的，」她說，「我要回房間去找我的衣樣。我明明記得我帶來了。你自己一個人可以吧？我馬上回來。」接著便轉過身，點點頭。「睡著了，可憐的孩子，這樣也好。」

她輕手輕腳走過涼廊，一下台階，立刻彎進右邊的小路。這時如果有人路過，一定會納悶瑪波小姐為什麼突然在花壇邊轉了個彎，繞到草屋後面，又從它的後門進去。這後門直通一間提姆用來當作臨時辦公室的房間，再進去就是客廳。

寬大的窗簾半垂著，遮住了陽光。瑪波小姐溜到窗簾後面，接著靜心等待。她可以從這個窗戶清楚看見進出莫莉臥室的人。她等了好一會，大約四、五分鐘後，終於有了動靜。

穿著潔白制服的傑克遜踏上涼廊的台階。他在陽台上駐足片刻，然後對著半掩的落地窗輕敲了幾聲。瑪波小姐沒聽到房裡有任何反應。傑克遜鬼鬼祟祟地四下張望，接著便溜進開著的門。瑪波小姐走向緊鄰著浴室的門，因為吃驚而揚起眉毛。她思索片刻，隨即走進過道，從另一個門踏進浴室。

正翻弄著洗臉槽架子的傑克遜迅速地轉過身來。他似乎嚇了一跳，不過看來並不驚慌。

「噢，」他說，「我，我不是……」

「傑克遜先生！」瑪波小姐說，語氣帶著訝異。

「我就猜你會出現。」傑克遜說。

「你在找什麼東西嗎？」瑪波小姐問。

「事實上，」傑克遜說，「我只想看看坎東太太用的是什麼牌子的面霜。」

瑪波小姐注意到他手上拿著 瓶面霜，倒也相信他說的是實話。

「味道很好，」他嗅了嗅。「就內含成分而言，這是好東西。便宜的牌子不見得適用各種皮膚，常會引起瘙癢紅疹。有時候蜜粉也一樣。」

「你在這方面好像很有研究。」瑪波小姐說。

「我曾在藥房工作過一段時間，」傑克遜說，「在那裡可以學到很多化妝品知識。把它們放在漂亮的瓶子裡，再包裝得精美點，不管要多少錢，女人都會趨之若鶩。」

「你來就是為了……」瑪波小姐故意打斷他的話。

「噢，不，我不是為了討論化妝品而來。」傑克遜沒有否認。

因為你還來不及編造謊言，瑪波心頭暗忖，我倒想聽聽你會編出什麼樣的故事來。

「是這樣的，」傑克遜說，「華特絲太太幾天前曾經把口紅借給坎東太太，我來幫她拿回去。我敲過窗戶，看見坎東太太睡得很熟，我就想，乾脆自己進浴室裡去找，應該沒有什麼關係。」

「原來如此，」瑪波小姐說，「你找到了嗎？」

傑克遜搖頭。

「可能在她的皮包裡，」他輕描淡寫地說，「我看我也別找了。華特絲太太沒有說非要拿回去不可。她只是隨口提到。」他一面打量浴室的設備，一面說：「她東西不多，喔？啊，當然，她這個年紀也不需要，天生的好皮膚。」

「你看女人的眼光一定不同於一般男人。」瑪波小姐帶笑說道。

「沒錯，不同的工作確實能改變一個人看事情的角度。」

「你對藥品懂得很多？」

「噢，沒錯。我從工作當中了解不少。如果你問我，我會說這年頭藥品太多了。鎮定劑、興奮劑、神奇藥劑等等，都太氾濫了。如果照醫生處方拿藥還好，可是許多藥沒有處方也買得到。有些藥是很危險的。」

「我想也是，」瑪波小姐說，「沒錯，我也這麼認為。」

「你知道，這些藥對人的行為影響重大。你常會聽到青少年出現歇斯底里的症狀，這並非自然原因所致，而是因為這些孩子在服用藥物。噢，這其實由來已久，並不是什麼新鮮事。在東方——我雖然沒去過——發生過好多怪事。那裡的女人會讓丈夫吃下什麼藥，你想都想不到。舉個例子，在古老的印度，有個年輕女孩嫁給了一個老頭子。她並不想殺他，我想，因為她會被當成陪葬品燒死，而即使沒被燒死，也會被家族逐出家門……在那個年代的印度，當個寡婦可不容易。不過，她可以下藥給她的老丈夫吃，讓他產生幻覺，總是半昏不醒的。」他搖搖頭。「沒錯，這種黑心的勾當多著呢。」他接著又說：「還有巫婆，你知道。

我們現在知道許多關於巫婆的事情，很有意思。為什麼她們要招認？為什麼她們一下就承認自己是騎著掃帚去開巫婆大會的巫婆？」

「是因為嚴刑逼供。」瑪波小姐說。

「不見得，」傑克遜說，「噢，沒錯，嚴刑逼供是一大因素，不過有些人在受刑之前就已供認不諱。與其說是招供，不如說是自誇。你知道，她們會在自己身上塗滿油膏，她們稱為塗油儀式。其中一些成分，莨菪、顛茄鹼之類的，搽在皮膚上會產生幻覺，就像在空中飄浮一樣，她們還當真呢，真可悲。再看看那些刺客……中世紀敘利亞、黎巴嫩地區的人，他們服用印度大麻後，就會產生幻覺，自以為在神遊天堂，會長生不老。那些人還告訴大家，人死後就是這樣，可是要得到這一切，他們得先去殺人。噢，我可不是信口雌黃，他們就是這麼說的。」

「所以，」瑪波小姐說，「基本上人都很容易受騙上當。」

「哦，沒錯，我想你可以這麼說。」

「別人告訴他們什麼，他們就相信什麼，」瑪波小姐說，「沒錯，我們都很容易相信別人，」說完她隨即問道：「是誰告訴你這些印度女人用曼陀羅迷昏丈夫的故事？」沒等他回答，她立刻又問：「是不是帕格夫少校？」

傑克遜顯得有點吃驚。

「噢，沒錯，就是他說的。他告訴我不少類似的故事。當然，那些故事多半發生在他出生前，不過他似乎如數家珍。」

「帕格夫少校確實給人一種無所不知的印象，」瑪波小姐說，「不過他告訴別人的故事常常不是真的。」她若有所思地搖搖頭。「帕格夫少校，」她說，「可以說是自作自受。」

隔鄰的臥室裡傳來些許動靜。瑪波小姐立刻轉過身，快步走出浴室，走進臥房。好運．戴蓀正站在窗邊。

「我……噢！我沒想到你在這裡，瑪波小姐。」

「我剛進浴室一會。」瑪波小姐帶著維多利亞時代的矜持說道。

浴室裡的傑克遜忍不住咧嘴大笑。維多利亞時代的保守辭令讓他覺得有趣。

「不知道你需不需要我陪莫莉坐一會，」好運說。她望向床上。「她睡著了，是不是？」

「我想是的，」瑪波小姐說，「不過我真的沒事。你去玩你的吧，親愛的。我還以為你也和他們一起出門探險了。」

「我本來要去的，」好運說，「但臨走前突然頭痛欲裂，就決定不去了。所以我想，過來幫幫忙也好。」

「你真體貼，」瑪波小姐說完，就在床邊坐下，拿起針線。「不過我在這裡挺自在的。」

好運猶豫片刻後，便轉身離開。瑪波等了一會兒，這才躡手躡腳地走回浴室。可是傑克遜已經不見人影，無疑是從後門溜走了。瑪波小姐拿起他適才一直握著的面霜，塞進自己的口袋。

# 22 生命中的男人？

看來要隨性地和葛漢醫生聊上幾句，並不如瑪波小姐期望的那麼簡單。她不願十萬火急似地直接跑去找他，因為她不希望她的問題引起無謂的注意。

提姆已經回房照顧莫莉去了，瑪波小姐說好晚餐時分來接替他，因為那時候他得去照顧餐廳。他曾說戴孫太太願意晚上過來，甚至希林頓太太也願意，不過瑪波小姐斬釘截鐵地說，她們都是年輕人，正是喜歡玩樂的年紀，而她自己也寧可早些吃點簡單的便餐，所以正好皆大歡喜。提姆再次對她表示由衷的感激。此時此刻，瑪波小姐正徘徊在飯店外圍和通往各個住屋（包括葛漢醫生的草屋）的路徑上，盤算著下一步該怎麼做。

她腦海中有許多複雜而矛盾的想法。她最不喜歡這樣。整件事情一開始本是清清楚楚的：帕格夫少校愛說故事（令人遺憾的天賦），這些輕率說出口的故事顯然被人聽到了，結果他不到二十四小時就死了。這一點並不難確定，瑪波小姐心想。

可是接下來，她不得不承認，就全是難題了，要整理起來簡直是千頭萬緒。就算你知道任何人的話都不可信、任何人都不足信，而且和她談過話的人都可悲地和聖瑪莉米德村的人有幾分相像……但即使如此，你又能得出什麼結論？

她的心思越發集中在受害者身上。有人即將被殺，而她有種強烈的感覺，自己應該知道那人是誰。有一件事透出端倪……是她聽到、注意到、還是看到的什麼事呢？

某人告訴過她的一些事和這樁案子有關係。是瓊安．玻斯卡嗎？她說過許多人的許多事。是醜聞？還是八卦？瓊安．玻斯卡到底說了什麼呢？

葛雷．戴孫和好運。好運在瑪波小姐的腦海中縈繞不去。出於她天生的好疑心，她相信好運和葛雷．戴孫那第一任妻子的死必定有密切關聯。一切疑點都指向這裡。那麼，她所擔心的下個受害者會是葛雷．戴孫嗎？好運是不是想換個丈夫試試運氣，她不僅是為了獲得自由，也是想以葛雷．戴孫的遺孀身分繼承一筆豐厚的遺產？

「真是的，」瑪波小姐自言自語道，「這一切純屬猜測。我太笨了，我知道是我笨，有件事沒想通。只要釐清這些細枝末節，真相勢必會清楚呈現。問題是，細枝末節太多了。」

「你在自言自語？」拉菲爾先生說。

瑪波小姐嚇了一跳。她沒注意到他走近。他在依瑟．華特絲的攙扶下，正從草屋慢慢走向飯店露台。

「我真的沒注意到你，拉菲爾先生。」

「你的嘴唇動個沒停。你那件緊急事件怎麼樣了？」

「依然緊急，」瑪波小姐說，「事情勢必單純不過，但我就是看不出來……」

「我很高興知道事情再簡單不過了。噢，如果你需要幫忙，包在我身上。」

他轉過頭，傑克遜正沿著小徑走來。

「你總算來了，傑克遜。你這混球到底跑哪裡去了？我需要你的時候你永遠不在。」

「對不起，拉菲爾先生。」身手靈活的他立刻俯下身去，背起拉菲爾。「要到露台去嗎，先生？」

「你帶我去酒吧，」拉菲爾先生說，「好了，依瑟，你可以去換晚餐服了。半小時後到露台來見我。」

他和傑克遜一同走遠了。依瑟太太一屁股坐進瑪波小姐旁邊的椅子，輕輕揉著臂膀。

「他身體看來很輕，」她邊揉邊說，「可是我手臂已經麻了。我一下午都沒見到你，瑪波小姐。」

「噢，我一直在陪莫莉．坎東，」瑪波小姐解釋，「她似乎好多了。」

「依我看，她根本就沒病。」依瑟．華特絲說。

瑪波小姐不禁揚起眉毛。依瑟．華特絲的語氣顯然酸味十足。

「你的意思是……你認為她之所以自殺……」

「我不認為她打算自殺，」依瑟．華特絲說，「我根本就不相信她服藥過量，而且我相信葛漢醫生對這點心知肚明。」

「你的話讓我非常好奇，」瑪波小姐說，「你為什麼這麼說？」

「因為我很確定事實就是如此。噢，這種事屢見不鮮。我想這是一種吸引別人注意的手段。」依瑟．華特絲說。

「『等我死了，你會後悔莫及』之類的？」瑪波小姐套用了一句話。

「就是那種事，」依瑟．華特絲說，「雖然這未必是她的動機。那種把戲是當你覺得丈夫厭倦了你、但你還是深愛他的時候才會玩。」

「你認為莫莉．坎東不愛她丈夫？」

「呃，」依瑟．華特絲說，「你認為呢？」

瑪波小姐想了想。

「我，」她說，「多少也曾這麼想。」她頓了頓又說：「但我可能想錯了。」

依瑟露出她酸溜溜的微笑。

「你知道，我聽說過她一些事，關於她的情史。」

「是玻斯卡小姐說的？」

「噢，」依瑟說，「有一兩個人說過。這裡頭牽涉到一個男人。她很迷戀這個男人，可是她的家人死命反對。」

「沒錯，」瑪波小姐說，「我也聽說過。」

「後來她嫁給了提姆。或許她還算喜歡他，不過那個男人並沒有就此罷休。我有時在想，說不定他跟著她到這裡來了呢。」

「真是的。不過，這人會是誰呢？」

「我不知道，」依瑟說，「不過我相信他們一定非常小心。」

「你認為她喜歡這個男人？」

依瑟聳聳肩。

「我敢說他是個壞胚子，」她說，「不過這種人最知道如何討女人歡心。」

「你沒聽人說過他是什麼樣的人或做過什麼事嗎？」

依瑟搖搖頭。

「沒有，這些都是大家隨意揣測，也不能盡信。他可能是個有婦之夫，所以她的家人才不喜歡他。也可能他真是個大壞蛋，是個酒鬼或是不法之徒，我不知道。不過她還是愛著他，這點我非常清楚。」

「你是看到什麼，還是聽到了什麼？」瑪波小姐大膽問了一句。

「我知道我在說什麼。」依瑟說，語氣嚴厲而充滿敵意。

「這些謀殺事件……」瑪波小姐正待開口。

「你就不能忘了謀殺的事嗎？」依瑟說，「你把拉菲爾先生攪得心神不寧的。你就不能……不能讓它過去算了？你是不可能發現什麼的，我敢保證。」

瑪波小姐望著她。
「你認為你知道真相，是不是？」她說。
「沒錯，我想我知道，我很有信心。」
「那麼，你不覺得該把一切都說出來，或是採取什麼行動？」
「何必呢？這有什麼好處？我什麼證據也沒有。再說，那又有什麼用呢？現在的犯人很輕易就能逃避刑責，美其名為減輕責任之類的。政府只讓他們在監獄裡待上幾年就放出來，到時又是生龍活虎一個。」
「假如因為你閉口不說，結果又有人被殺……又多了一個受害者呢？」
依瑟堅決地搖搖頭。
「不會的。」她說。
「這可不一定。」
「我敢保證。我看不出有誰……」她蹙起眉頭又說，只是前言不對後語。「可能會獲得減刑吧。或許是無法控制……如果真是心理不平衡的話。噢，我不知道。不管那人是誰，最好她能擺脫他，那麼我們每個人都可以把這一切都置諸腦後。」
她瞄了瞄手錶，驚呼一聲，隨即站起身來。
「我得去換衣服了。」
瑪波小姐依舊端坐著，目送她離去。她想，代名詞最令人摸不著頭腦，像依瑟・華特絲這樣的女人尤其喜歡亂用。依瑟・華特絲是不是握有理由深信帕格夫少校和維多利亞的死都是因一個女人而起？聽來似乎如此。瑪波小姐暗自思忖。

「啊，瑪波小姐，你一個人坐在這裡，連毛衣都不織了？」

來人正是她尋覓已久卻不得其門而入的葛漢醫生。現在他自己走過來打算聊個幾分鐘。瑪波小姐心想，他不可能久坐，因為他勢必要去換衣服吃晚餐，而他一向甚早進餐。她對他說，她整個下午都陪在莫莉・坎東床邊。

「真難以相信她恢復得如此之快。」她說。

「噢，」葛漢醫生說，「這也不足為奇。你知道，她服下的藥量並不多。」

「噢，據我所知，她吃了大半瓶呢。」

葛漢醫生嘴角帶著濃濃的笑意。

「不，」他說，「我不認為她吃了那麼多。我敢說她本來是這麼打算，不過在最後關頭她扔掉了一半。人哪，即使在自以為要了結生命的那一刻，常常還是不願真的就此死去。他們會盡量不把藥全吃掉。這並非故意欺瞞，只是潛意識作祟。」

「話說回來，我想她也可能是故意的。我的意思是，她只想做做樣子……」瑪波小姐沒把話說完。

「這也有可能。」葛漢醫生說。

「比如說，她和提姆吵架了？」

「你知道，他們從不吵架，他們似乎深愛著彼此。不過我想總會有那麼一次。我看她現在已無大礙，可以一如往常下床活動了。不過，還是讓她再臥床一兩天更安全些。」

他站起身，愉快地頷首，便朝飯店走去。瑪波小姐在原地又呆坐了一陣。

她的腦海閃過各種念頭。

莫莉床墊下的書。

莫莉裝睡的模樣。

瓊安．玻斯卡說過的話。

還有，依瑟．華特絲後來說的話。

接著，她的思緒回到整個事件的初始……帕格夫少校身上。

她腦海中有件事呼之欲出。是關於帕格夫少校的。

要是她能想起那件事是什麼就好了。

# 23 最後一天

「最後一天的夜晚和清晨。」瑪波小姐自言自語道。

帶著些許疑惑，她在椅子上坐直身子。剛才她打了個盹。多麼不可思議，鋼樂隊還在敲敲打打。瑪波小姐心想，能在鋼樂隊演奏聲中睡著，表示她已習慣了這個地方！她剛剛說了什麼來著？她把話引用錯了。最後一天？應該是第一天吧？是第一天才對。可是這並非第一天，而且當然也不是最後一天。

她再度坐直身子。事實上，她已經筋疲力盡，是因為這些日子來的焦慮，再加上覺得自己一無是處的羞愧。她再度不安地想起，莫莉半閉著眼睛，朝她投來狡獪的一瞥。那女孩腦子裡到底在想什麼？瑪波小姐想著，這一切和一開頭有如天壤之別。提姆・坎東和莫莉，多麼天造地設、幸福快樂的一對。希林頓夫婦又多麼和氣有教養，活脫脫就是大家所謂的「大善人」。還有樂天而外向的葛雷・戴孫，開心又率直的好運，他們一天到晚談天說笑，對自己和這個世界都很滿意……這四人組相處得多好。玻斯卡牧師，一個仁慈的好人。瓊安．玻斯卡，雖然有點尖酸刻薄，但也是個好女人，而好女人往往喜歡聽八卦當消遣。她們必須知道周遭事態的發展，必須知道什麼時候二加二會等於四，什麼時候又可能等於五！這些女人沒有壞心眼。她們雖然愛嚼舌根，但對於不幸的人還是很仁慈的。拉菲爾先生，一個非常有個性的人，是個你絕不可能忘記的非常人物。不過瑪波小姐覺得，她對拉菲爾先生的了解還不止於此。

醫生早就放棄他了，他自己這麼說。只是這回，她想他們似乎更有把握了。拉菲爾先生也心知肚明，他已來日無多。

既已確知如此，他可不可能採取什麼行動？

瑪波小姐思索著這個問題。

她想，這一點可能很重要。

他到底說了些什麼呢？他的聲音是不是有點大，有點過於肯定？瑪波小姐對於人說話的語氣是很有研究的，她這輩子聽得太多了。

拉菲爾先生一定對她隱瞞了一些真相。

瑪波小姐四下看了看。夜晚的空氣，芬芳的花朵，點著小燈的餐桌，盛裝的女人。伊芙琳穿著鑲白的寶石藍晚禮服，好運則是裹著一身白衣，金髮閃閃發亮。這天晚上，每個人似乎都很快樂，而且生氣蓬勃。連提姆．坎東都面帶微笑。他走過她的桌子時說：「真不知該如何感謝你才好，莫莉已經完全康復了，醫生說她明天就能下床了。」

瑪波小姐也微笑回答說，她很高興聽到這個消息。可是她發現讓自己微笑竟然頗為費力。沒錯，她是真的累了。

她站起身，慢慢走回草屋。她原本打算繼續思索、琢磨、回溯，釐清各種事由、談話和眼神的，但她做不到，疲憊的大腦已經開始抗議了。它說：「睡覺去！你得去睡覺！」

瑪波小姐脫了衣服，爬上床，拿過床邊湯瑪斯．肯培斯[8]的文集讀了幾行，這才熄了燈。黑暗中，她祈禱了幾句。人總不能什麼都自己來，必須有幫手。

「今晚可別出事才好。」她喃喃地期盼著。

§

瑪波小姐突然驚醒，在床上坐直。她的心在劇烈跳動。她扭亮檯燈，看看床頭的小鐘。凌晨兩點。凌晨兩點，而外面好像出了什麼事。她起身下床，套上睡袍拖鞋，拿起一條棉質披肩往頭上一圍就朝門外走。不少人拿著火把四處走動。她看見玻斯卡牧師也在人群當中，

8 湯瑪斯．肯培斯（Thomas à Kempis, 1380-1471），德國神學家及作家。

於是朝他走去。

「出了什麼事？」

「噢，瑪波小姐。是坎東太太。她丈夫醒來後發現她溜下床出去了。我們正在找她。」

他匆匆忙忙繼續往前走，瑪波小姐慢慢跟在他身後。莫莉去哪裡了？為什麼？難道這是她的刻意計畫，一俟大家對她的戒備放鬆，便趁丈夫熟睡之際溜出門去？瑪波小姐心想，這有可能。可是為什麼呢？她所為何來？難道真如依瑟・華特絲的強烈暗示……她有別的男人？果真如此，那人會是誰呢？或者，她這麼做是出於更陰險的計謀？

瑪波小姐一面走一面東張西望，不時往樹叢下掃上幾眼。這時她突然聽到一聲微弱的喊叫：「這裡……在這邊……」

叫喊聲來自飯店庭園的另一端，隔著一段距離。瑪波小姐想，聲音一定來自那條流向大海的小溪邊。她立刻加快腳步，朝那個方向走去。

出來尋找莫莉的人並沒有她想像的多。大部分的人一定都還在房裡睡覺。她看見河邊圍著一群人。有人從身後將她推開，匆匆朝那個方向跑去，差點把她撞倒。是提姆・坎東。片刻後，她聽到他的叫聲：「莫莉！老天，莫莉！」

過了一會兒，瑪波小姐才趕到那群人身邊。人群包括兩名古巴侍者、伊芙琳・希林頓和兩個本地女孩。他們紛紛閃開，讓提姆過去。瑪波小姐趕到時，他正彎身望著小溪。

「莫莉……」

他緩緩屈膝跪下。瑪波小姐清楚看到那女孩的身體躺在溪中，水深過頭，金髮散在她肩頭的淺綠刺繡披肩上。她臥在溪邊的落葉樹叢裡，此情此景像極了《哈姆雷特》中的一幕，莫莉就像死去的奧菲莉婭。

提姆正待伸手去摸她，沉靜而見多識廣的瑪波小姐立刻主導了大局。她以權威的嚴厲口氣說道：「不要動她，坎東先生，」她說，「千萬不要動她。」

提姆抬起頭，滿臉疑惑地望著她。

「可是，我必須……這是莫莉，我必須……」

伊芙琳．希林頓把手放在他肩上。

「她死了，提姆。我沒有動她，不過，我摸了她的脈搏。」

「死了？」提姆一臉的難以置信。「死了？你是說……她投水自殺了？」

「恐怕是的，看來是如此。」

「可是，為什麼？」那名年輕人突然嚎啕大哭。「為什麼？她今天上午還開開心心的，計畫著明天的行程。她怎麼又動了這個該死的輕生念頭？她為什麼要偷偷溜走……晚上跑出去，到這裡來投河自盡呢？她為什麼這麼絕望？她有什麼苦楚？她為什麼一點都不肯告訴我呢？」

「我不知道，親愛的，」伊芙琳柔聲說道，「我不知道。」

瑪波小姐說：「最好去請葛漢醫生來。還有，要打電話給警察。」

「警察？」提姆苦笑一聲。「找他們來有什麼用？」

「有自殺發生，一定要通知警察。」瑪波小姐說。

提姆緩緩站起身來。

「我去找葛漢，」他說，語氣沉重。「也許……即使是現在，他還能想點辦法。」

他跌跌撞撞，朝飯店的方向走去。

伊芙琳．希林頓和瑪波小姐並肩站著，目光不約而同地望向那死去的女孩。

伊芙琳搖搖頭。

「太晚了，她都僵透了。她死了起碼有一個鐘頭，恐怕還不止。真是個悲劇。這一對夫婦看來那麼幸福。我想她心理有點錯亂。」

「不，」瑪波小姐說，「我不認為她心理錯亂。」

伊芙琳好奇地看著她。

「你是什麼意思？」

藏在雲後的月亮此時鑽了出來，為莫莉披散的頭髮灑上一片銀光。

瑪波小姐突然驚呼一聲。她彎下腰細看，接著伸手去摸那頭金髮。當她開口對伊芙琳．希林頓說話時，聲調完全變了。

「我想，」她說，「我們最好確認一下。」

伊芙琳．希林頓訝異地瞪著她。

「可是，你自己不是告訴提姆什麼都不能動嗎？」

「我知道。但那時候沒有月亮，所以我沒看見……」

她用手指一指，接著輕輕碰觸那頭金髮。她將它撥開，讓髮根露出來……

伊芙琳驚叫一聲。

「是好運！」

片刻後，她又說了一遍。

「不是莫莉，是好運。」

瑪波小姐點點頭。

「她們的髮色差不多。不過，她的髮根是黑色的，因為她是染髮。」

「可是，她怎麼會披著莫莉的披肩？」

「她非常喜歡這個披肩。我聽她說過，她也要買一個。顯然她買到了。」

「原來如此。我們都以為……」

伊芙琳看見瑪波小姐正盯著她看，於是知趣地閉上了嘴。

「有人……」瑪波小姐說，「得去告訴她丈夫。」

沉默片刻後，伊芙琳說：「好吧，我去。」

她轉身穿過棕櫚樹叢走遠了。

瑪波小姐動也不動地站了一會，接著微微側頭，口中說道：「有事嗎，希林頓上校？」

愛德華．希林頓從她身後的樹叢走出，來到她身旁站定。

「你知道我在這裡？」

「我看見你的影子。」瑪波小姐說。

兩人默默無語，佇立半晌。

他終於開口，只是有如自言自語。

「到頭來，她終於不再帶來好運……」

「依我看，她死了你很高興？」

「這你覺得意外嗎？噢，我不否認。她死了我是很高興。」

「死亡往往是解決問題的辦法。」

愛德華．希林頓緩緩轉過頭來。瑪波小姐迎著他的目光，冷靜而鎮定。

「如果你以為……」

他突然向她逼近一步，語氣充滿威脅。

瑪波小姐平靜地說：「你太太很快就會帶著戴孫先生回來。要不然就是坎東先生和葛漢醫生。」

愛德華．希林頓放鬆下來。他轉過身去看那死去的女人。

瑪波小姐悄悄走開。她的腳步愈來愈快。

走到自己的草屋前，她突然停下腳步。那天她就是坐在這裡和帕格夫少校聊天的。就在此處，他在皮夾裡摸索著那張凶手的照片……

她記起他如何抬起頭來，臉色又如何一下變得紫紅。

「好醜，」一如卡斯帕羅太太所說，「他有一隻邪惡之眼。」

邪惡之眼。那隻眼睛……眼睛。

# 24 復仇女神

不管外頭如何驚天動地，拉菲爾先生竟絲毫也沒聽見。

他正躺在床上熟睡，鼻孔發出輕微鼾聲，突然，有人抓住他的肩膀，用力搖晃。

「啊，什麼……搞什麼鬼？」

「是我，」瑪波小姐頭一回沒講究文法。「不過或許我該換個更強烈的稱謂——如果我沒弄錯，希臘人有個字眼，叫作復仇女神。」

拉菲爾先生極力撐起他枕頭上的頭，瞪視著她。瑪波小姐站在月光下，頭上纏著蓬鬆的粉紅色毛圍巾，怎麼看也不像復仇女神。

「所以你是復仇女神，呃？」半晌後，拉菲爾先生說。

「希望如此……如果有你協助的話。」

「可不可以請你明白告訴我，這深更半夜的，你到底在說些什麼。」

「我想我們必須盡快行動，要非常快。我太傻了，傻透了。我早該知道這是怎麼回事，原來事情這麼簡單。」

「什麼這麼簡單？你在說什麼？」

「你睡著的時候發生了好多事，」瑪波小姐說，「我們發現了一具屍體。一開始大家都以為那是莫莉·坎東，結果不是，是好運·戴孫，她淹死在小溪裡。」

「好運，啊？」拉菲爾先生說，「淹死在小溪裡？是她自己投河自盡，還是別人下的手？」

「是別人。」瑪波小姐說。

「我懂了……至少我認為我懂了。所以你才會說原來這麼簡單，是不是？葛雷·戴孫就是頭號嫌疑犯，而凶手就是他，對吧？你是這麼想的吧？你擔心他會逃之夭夭。」

瑪波小姐深吸一口氣。

「拉菲爾先生，你相不相信我？我們必須阻止一起謀殺。」

「你剛才不是說謀殺已經發生了？」

「那起謀殺殺錯了人。現在，隨時都可能發生另一樁謀殺。沒時間耽擱了，我們必須阻止它發生。我們立刻就走。」

「說得容易，」拉菲爾先生說，「你說『我們』？你以為我能做什麼？沒人幫忙，我連走路都有困難，你和我又怎能阻止一場謀殺呢？你都快一百歲了，而我這把老骨頭也散得差不多了。」

「我是想到傑克遜，」瑪波小姐說，「你說什麼，傑克遜都會聽，對吧？」

「確實，」拉菲爾先生說，「尤其是如果我附帶聲明，說事後會補償他的話。你是要我這麼做嗎？」

「是的。請告訴他跟著我走，我的任何命令他都要遵從。」

拉菲爾先生盯著她看了約莫六秒鐘，這才說道：「一言為定。我想這是我這輩子最大的冒險。噢，反正也不是第一次，」他扯開嗓門。「傑克遜！」他拿起手邊的電鈕，按動了電鈕。

不到三十秒，傑克遜就從通往鄰室的門裡走過來。

「你按鈴叫我，先生？出了什麼事？」一看到瑪波小姐，他的話戛然而止。

「傑克遜，你聽清楚了。你現在跟著瑪波小姐走；你跟著她走，不管她叫你做什麼你都照做。你要服從她所有的命令。明白了嗎？」

「我……」

「明白了嗎？」

「明白了，先生。」

「你這麼做，」拉菲爾先生說，「不會吃虧的。我會補償你的。」

「謝謝您，先生。」

「來吧，傑克遜先生。」瑪波小姐說。她轉頭對拉菲爾先生說：「我們會順路去叫華特絲太太過來，讓她扶你起床帶你去。」

「帶我去哪裡？」

「去坎東的草屋，」瑪波小姐說，「我想莫莉會回到那裡去。」

§

莫莉從海邊小徑走過來。她的眼睛直直盯著前方，不時低聲抽噎幾聲。她走上露台的台階，停步片刻，接著推開落地窗，走進臥室。燈亮著，可是房裡空無一人。莫莉走到床邊坐下。她坐了好一陣，不時用手拂著前額，蹙起眉頭。接著，一陣疑神疑鬼的迅速四顧後，她將手伸入床墊下，拿出她的藏書。她彎下腰，翻到她要找的那一頁。

隨著外頭傳來的跑步聲，她抬起頭，心虛地忙把書藏到身後。

提姆．坎東上氣不接下氣地跑進來，一看見她就如釋重負地呼了口長氣。

「感謝上帝。你去哪裡了，莫莉？我一直在到處找你。」

「我到溪邊去了。」

「你去……」他沒說下去。

「是的，我到溪邊去了。不過我不能在那裡等。我不能。水裡有個人……她死了。」

「你是說……你知道嗎，我還以為那是你呢。我剛剛才發現那是好運。」

「我沒有殺她。真的，提姆，我沒有殺她。我確定我沒有殺她。我的意思是，如果我真的殺了她，我會記得，對吧？」

提姆慢慢在床的另一側坐下。

「你沒有……你確定嗎？沒有，你當然沒有殺她！」他的音量有如叫喊。「你可別這麼想，莫莉。好運是自己淹死的。她當然是自己淹死的。希林頓對她早已厭倦，所以她去投水自盡。」

「好運不會這麼做，絕對不會。不過我沒殺她，我發誓我沒殺她。」

「親愛的，當然你沒殺她。」他伸出雙臂想摟住她，可是她掙脫開來。

「我恨這個地方。這裡本該是遍地陽光才對。表面上這裡是陽光普照，其實不然，這裡有陰影，一個巨大的黑色陰影，而我就陷在陰影當中，無法自拔……」

她扯開喉嚨，開始喊叫。

「噓，莫莉，看在老天的份上，小聲點！」

他走進浴室，出來時手上端著一只玻璃杯。

「把這個喝下去，它會讓你鎮靜下來。」

「我……我什麼也喝不下，我的牙齒抖得這麼厲害。」

「你當然喝得下去，親愛的。坐下。來，坐這床上，」他用手摟住她，將杯子舉到她嘴邊。「來吧，喝下去。」

窗外有人說話了。

「傑克遜，」瑪波小姐清清楚楚的聲音傳來。「你進去屋裡把杯子搶過來，緊緊握好。小心點，他很結實，而且很可能會狗急跳牆。」

傑克遜有幾個特點。第一，他這人非常愛錢……而且那個位高權重的雇主還承諾有賞在前；其次，他是個受過訓練、非常強健的人。第三，他從不問為什麼，只知照辦就是。只見他閃電一般衝進屋中，一手去奪提姆端在莫莉嘴邊的水杯，另一隻臂膀架住提姆，手腕一轉，杯子就落到他的手中。提姆發瘋似地撲向他，可是傑克遜把他架得牢牢的。

「見鬼……放開我，放開我！你瘋了是不是？你在做什麼？」

提姆猛力掙扎。

「抱住他，傑克遜。」瑪波小姐說。

「怎麼了？出了什麼事？」

拉菲爾先生在依瑟．華特絲的攙扶下，從落地窗走了進來。

「你還問出了什麼事？」提姆咆哮道，「你的人瘋了，發狂了，就是這回事。你叫他鬆開我。」

「不行。」瑪波小姐說。

拉菲爾先生轉頭看著她。

「說吧，復仇女神，」他說，「我們也該聽聽真相了。」

「我一直太笨、太傻了，」瑪波小姐說，「不過，我現在可不傻。只要把他要他太太喝下的那杯東西拿去化驗，我敢打賭……是的，我以我的性命打賭，那裡面一定有致命的安眠藥。你看，這又是老套，就和帕格夫少校說的故事如出一轍。妻子心灰意冷，試圖要了結自己，丈夫及時相救，而第二次她終於自殺成功。沒錯，就是這一套。帕格夫少校告訴我這個故事，還拿出一張照片，接著一抬頭，就看見……」

「在你的右後方……」拉菲爾先生接口說道。

「不是，」瑪波小姐邊搖頭邊說，「朝我右後方他什麼也沒看見。」

「你說什麼？你明明告訴我……」

「我說錯了，全錯了。我簡直笨得難以置信。帕格夫少校表面上是在瞪視著我的右後方，但他不可能看見任何東西，因為他用的是左眼，而他的左眼是個玻璃眼珠。」

「我記起來了，他是有一隻玻璃眼，」拉菲爾先生說，「我忘了這件事，要不就是沒當回事。你的意思是，他什麼也看不見？」

「他當然看得見，」瑪波小姐說，「看東西是沒問題，不過他只能用一隻眼看。他能看見的是右眼。所以你知道，他當時注視的人一定是在我左側而非右側。」

「當時你左側有人嗎？」

「有，」瑪波小姐說，「提姆．坎東和他太太坐在不遠處，就坐在一大叢芙蓉花後面的一張桌子旁邊。夫妻倆正在那裡記帳。所以，少校一抬頭，看似以玻璃左眼越過我的肩頭望過去，其實他是以另一隻眼睛看到一個男人坐在芙蓉花叢後面，那張臉和照片裡的一模一樣，只是老了許多，而且正好也在芙蓉花叢旁。提姆．坎東聽見了少校說的故事，心知少校已經認出他來，他當然非除掉他不可。到後來，他又不得不除掉維多利亞，因為她看見他把一瓶藥放進少校的房裡。她起初沒有多想，因為提姆．坎東進出客人房間是再自然不過的事，他很可能是去歸還客人遺漏在餐桌上的東西。可是她後來想了想，就跑去問他，如此一來，他只得殺了她。不過這一回才是真正的謀殺，是他始終盤算著的謀殺。你知道，他是個殺妻狂。」

「該死的一派胡言，什麼……」提姆．坎東大叫。

房裡突然爆出一聲尖叫，一聲憤怒的狂叫。依瑟．華特絲一把放開拉菲爾先生，差點沒讓他摔倒在地。她衝過去，死命拉開傑克遜。

「放開他，放開他。這不是真的，全是謊言。提姆，親愛的提姆，這不是真的。你絕不會殺人的，我知道你不可能殺人，我知道你不會殺人。都要怪你娶的這個女人，她一直在編造關於你的謊話。這不是真的，沒有一句話是真的。我相信你，我愛你，我信任你。別人說的話我一個字也不會信，我……」

提姆．坎東終於失控了。

「看在上帝的份上，你這個賤貨，」他說，「你閉嘴行不行？你想把我送上絞刑台嗎？我告訴你，閉嘴，閉上你的臭嘴。」

「可憐的傻瓜，」拉菲爾先生輕聲說道，「原來是這麼回事，對吧？」

# 25 瑪波小姐發揮想像

「原來是這麼回事！」拉菲爾先生說。

他正和瑪波小姐坐在一起熱絡地交談。

「她一直和提姆．坎東有私情，對吧？」

「我想，這談不上是私情，」瑪波小姐一本正經地說，「而是一段很可能會發展到婚姻的戀情。」

「什麼？等他太太死後？」

「我想，可憐的依瑟．華特絲並不知道莫莉會死，」瑪波小姐說，「她只是深信提姆．坎東告訴她的故事，說莫莉愛上別的男人，而那男人一路跟著她來到這裡。所以，我想她是指望提姆最後會離婚。依我之見，這很正常，也很可敬。她真的愛他甚深。」

「噢，這不難理解。那傢伙很有魅力。不過，他是看上她哪一點？這你也知道嗎？」

「你自己也知道，不是嗎？」瑪波小姐說。

「我猜的應該是八九不離十，但我可不曉得你是怎麼得知的，而且我也搞不懂提姆·坎東是怎麼知道的。」

「噢，我想我只要稍微發揮點想像力就能解釋清楚，不過你直接告訴我會更簡單。」

「我不告訴你，」拉菲爾先生說，「你那麼聰明，還是你告訴我吧。」

「其實一如我暗示過你的，」瑪波小姐說，「你那個傑克遜不時就會偷看你的文件。」

「非常可能，」拉菲爾先生說，「不過我看這對他也沒什麼好處。我已經做了防範。」

「我認為，」瑪波小姐說，「他看過你的遺囑。」

「噢，原來如此。沒錯，沒錯，我確實隨身帶著一份複本。」

「你告訴過我……」瑪波小姐說，「就像兒歌中的那個蛋形人一樣，你以清晰而宏亮的聲音告訴我，你在遺囑中什麼也沒留給依瑟·華特絲。你還特意對她和傑克遜強調這一點。據我揣測，就傑克遜這方而言，那確是實情，你確實什麼都沒留給他。可是，你其實留了一些遺產給依瑟·華特絲，而且完全把她蒙在鼓裡。是這樣吧？」

「沒錯，就是這樣。可是我不懂你怎麼會知道。」

「噢，因為你對這一點強調有加，」瑪波小姐說，「這我有經驗，深知說謊的人是什麼模樣。」

「我服了你，」拉菲爾先生說，「好吧。我預留了五萬英鎊給依瑟。等我死後，這筆錢會給她帶來驚喜。我想，提姆．坎東得知了這件事，決定用藥解決他現在的妻子，把依瑟和那五萬英鎊娶進門。說不定他還會找機會再除掉她。可是，他怎麼知道她會有五萬英鎊進帳呢？」

「當然是傑克遜告訴他的，」瑪波小姐說，「這兩人相處甚歡。提姆．坎東對傑克遜很好，但在我看來，這並非出於見不得人的動機。不過，我想傑克遜在閒談的點點滴滴中，把依瑟．華特絲自己都不知道的事告訴了坎東。他說她會繼承一大筆遺產，或許還說自己想贏得她的芳心，把她娶進門，只是她沒看上他。沒錯，我想就是這樣。」

「你想像的事似乎總是合情合理。」拉菲爾先生說。

「可是我很笨，」瑪波小姐說，「太笨了。你知道，其實一切都有跡象可循。提姆．坎東很聰明，也很陰險，尤其擅長散播謠言。據我猜想，我在這裡聽到的八卦有一半都是出自他的口中。聽說莫莉曾經打算嫁給一個很不可取的男人，我相信那人其實就是提姆．坎東，只是他當時用的不是這個名字。她的家人聽到一些風聲，大概是覺得他的背景可疑，所以他裝出義憤填膺的模樣，拒絕去莫莉家『被評頭論足』，然後又和她共商了一點兩人都覺得有趣的小計謀。她假裝和他鬧翻，結果一位坎東先生適時出現；莫莉事先告訴他許多親朋故友的名字，因此他們熱情歡迎他，期待他能讓她忘卻原先的男友。我想他和莫莉一定暗自竊笑不已。總而言之，他終於娶了她，用她的錢買下這地方，一起搬了過來。我敢說他一定揮霍了她不少錢。後來他遇見依瑟．華特絲，覺得又是一個好機會，能撈到更多的錢。」

「那他為什麼不除掉我呢？」拉菲爾先生問。

瑪波小姐輕咳一聲。

「我想他得先對華特絲太太有十足的把握才行。再說……我的意思是……」她停住了，似乎不知如何說下去。

「再說，他知道他不用等太久，」拉菲爾先生說，「而且，顯然讓我自然死去最為妥當。我這麼有錢，百萬富翁一死都會經過詳細調查，不像一般妻子的死那麼單純，對吧？」

「對，你說得沒錯。他可真是說謊高手，」瑪波小姐說，「瞧瞧他對莫莉說的話，讓她如此深信不疑……故意放一本關於精神錯亂的書讓她看，下藥讓她產生幻覺。你知道，你那個傑克遜對這點倒是精明得很。我想他看出莫莉的某些症狀是服藥的結果。那天他溜進浴室，去檢查那瓶面霜。這可能是他從女巫往身上塗顛茄產生幻覺的老傳說中得到的靈感。面霜裡加了顛茄，也會產生同樣的效果。莫莉常有記憶一片空白的情形，有時失去時間感，有時又夢見自己在空中飛。難怪她會害怕自己。她具備一切精神疾病的徵兆，傑克遜想得沒錯。說不定他是受帕格夫少校那個印度婦女讓丈夫服下曼陀羅的故事所啟發。」

「帕格夫少校！」拉菲爾先生說，「那人真是的！」

「他為自己惹來殺身之禍，」瑪波小姐說，「連累了可憐的維多利亞，還差點送了莫莉的命。不過他倒是認出了凶手。」

「你怎麼會突然想起他那隻玻璃眼珠呢？」拉菲爾先生好奇地問。

「是因為卡斯帕羅太太說的一些話。她信口說他長得醜，有一隻邪惡之眼，我說那只是個玻璃眼珠，他也是身不由己，很可憐；她就說他眼睛看東西的方向不一樣，是鬥雞眼……當然，這是實情。她又說這會帶來厄運，我於是知道……知道我那天一定聽到了什麼重要的話。昨天晚上，一看到死去的好運，我就猛然想起了這回事！接著我意識到時間緊迫……」

「提姆．坎東怎麼會殺錯人呢？」

「這完全是巧合。我想他的計畫是這樣：先讓每個人（包括莫莉自己）都確信莫莉精神異常。接著他讓她服下一定劑量的迷藥，告訴她，他要揭開所有這些謀殺之謎的真相，不過她得幫他。等大家熟睡之後，他們分頭走到溪邊一個約好的地方會合。

「他說他很清楚凶手是誰，要和她聯手去抓他。莫莉當然言聽計從，不過因為服了藥而昏昏沉沉，因此拖慢了腳步。提姆先到溪邊，看見一個金髮又披著淺綠披肩的女人，以為是莫莉。他從她身後潛過去，一手捂住她的嘴，猛力將她的頭按在水裡，就這麼淹死了她。」

「好傢伙！不過給她多吃點麻醉藥，不是更容易？」

「那當然容易得多，可是這麼一來，恐怕會令人心生疑竇。別忘了，莫莉身邊所有的麻醉藥和鎮定劑都被取走了，她根本拿不到，如果她又弄到了新藥，她丈夫豈不是最有可能的供應者？可是，如果說她因為一時絕望，趁一無所知的丈夫熟睡之際悄悄跑出去投水自盡，那麼整個事件就會被視為浪漫的悲劇，沒有人會懷疑她是遭到蓄意謀害。再說，」瑪波小姐又說，「殺人的人往往很難把事情做得乾淨俐落。他們會不由自主地把事情複雜化。」

「你似乎自認對殺人犯的心理瞭如指掌！所以，你相信提姆並不知道自己殺錯了人？」

瑪波小姐搖搖頭。

「他連她的臉都沒看，就飛也似的逃走了，打算一個小時後扮演一個悲痛欲絕的丈夫，組成搜索隊去找她。」

「可是大半夜的，好運跑到溪邊去搞什麼鬼？」

瑪波小姐尷尬地咳了一聲。

「我想，她可能是……呃，去等什麼人吧。」

「愛德華・希林頓？」

「噢，不是，」瑪波小姐說，「那件事已經結束了。我在想，她可能是……只是可能而已……在等傑克遜。」

「等傑克遜？」

「我曾經注意到，她……她有一兩回盯著他看。」瑪波小姐避開他的目光，低聲說道。

「我那隻野貓傑克遜！我早知道他脫離不了關係！提姆後來發現他殺錯了人，一定驚惶得很。」

「確實，他一定覺得非常絕望。莫莉還活著，正在四處遊蕩，一旦她落入心理專家之手，那麼他精心散布她精神錯亂的謠言就會不攻自破。而萬一莫莉說出他要她到溪邊去等他的事，提姆・坎東會有什麼下場？他唯一的希望，就是盡快解決莫莉。這麼一來，大家可能會以為莫莉是在神志不清的情況下溺死了好運，之後又對自己的所作所為深感懼怕，所以結束了自己的生命。」

「就是那時候，」拉菲爾先生說，「你決定要當個復仇女神，呃？」

他突然往後一仰，放聲大笑。

「真的好好笑，」他說，「真希望你自己知道你那晚頭上裹著粉紅色毛圍巾、站在那裡自稱復仇女神時，是什麼模樣！我一輩子也忘不了！」

# 26 尾聲

時間到了，瑪波小姐在機場等候飛機，不少人來送行。希林頓夫婦已經離開，葛雷．戴孫也已飛到其他島嶼，聽說正在熱烈追求一位阿根廷富孀。卡斯帕羅太太也已回到南美。

莫莉來為瑪波小姐送行。她面色蒼白，形容瘦削，不過勇敢地接受了這令人震驚的事實。拉菲爾先生幫她拍了電報，從英國找來一個幫手，協助她繼續經營這家飯店。

「忙碌對你有好處，」拉菲爾先生說，「免得你東想西想。這裡挺不錯的。」

「你不認為那幾樁謀殺……」

「只要真相大白，大家對謀殺事件其實有興趣得很，」拉菲爾先生安慰她。「小姑娘，好好努力，振作起來。別因為碰上一個壞男人就不信任所有的男人。」

「你這話跟瑪波小姐說的一模一樣，」莫莉說，「她一直對我說，總有一天我會找到我的真命天子。」

拉菲爾先生咧嘴笑了。來到機場的有莫莉、玻斯卡兄妹，當然還有拉菲爾先生和依瑟。依瑟顯得更蒼老、更悲傷，拉菲爾先生待她出乎意料地和善。傑克遜也是一副殷勤的模樣，裝作在熱心照料瑪波小姐的行李。他最近總是滿臉堆笑，一看就知道他的荷包飽滿不少。

空中傳來一陣低鳴，飛機來了。這裡的一切都無正式程序可言，沒有「請到八號或九號門搭機」之類的廣播，只要走出鮮花盛開的小亭，就到了停機坪。

「再見，親愛的瑪波小姐。」莫莉親吻她。

「再見，以後一定要來看我們。」玻斯卡小姐熱情地握著她的手。

「很榮幸認識了你，」牧師說，「我附和我妹妹，再一次誠摯地邀請你。」

「祝你一切順利，夫人，」傑克遜說，「別忘了，如果你需要免費按摩，隨時告訴我，我一定好好安排。」

只有依瑟．華特絲在道別時轉過身去。瑪波小姐沒有強求。拉菲爾先生最後一個走上前來，握住她的手。

他以拉丁語低聲說了什麼。

「恐怕，」瑪波小姐說，「我對拉丁文所知不多。」

「不過，你總該懂得我剛才說的那句話吧？」

「是的，」她沒再多說，她很清楚他說了什麼。「很榮幸認識你。」她說。

接著她走過停機坪，登上飛機。

專文推薦

# 藏在日常細節中的冒險

楊照（作家）

一開始，就都在那裡了。

一九二〇年，阿嘉莎．克莉絲蒂出版了《史岱爾莊謀殺案》，神探白羅就已經退休了。而且在這個案子裡，藉由敘述者海斯汀的轉述，就鋪陳出克莉絲蒂小說最基本的偵探原則：

「那些看來或許無關緊要的小細節……它們才是重要的關鍵，它們才是偉大的線索！」

「豐富的想像力就像洪水一樣，既能載舟亦能覆舟，而且，最簡單直接的解釋，往往就是最可能的答案。」

「沒有任何謀殺行為是沒有動機的。」

還有，一個不討人喜歡的死者，一群各有理由不喜歡死者、因而也就都有殺人動機的人，這些人彼此之間構成複雜的關係，有的互相仇視，有的互相愛戀，麻煩的是，有些愛人其實貌合神離，有些仇人其實私下愛慕；更麻煩的是，不論是愛或是仇，都有可能是扮演出來的。

一個外來的偵探必須周旋在這些嫌疑者之間，從他們口中獲取對於案情的了解，換句話說，他必須在很短的時間內，搞清楚誰是誰、誰跟誰吵架、誰跟誰偷情，然後判斷誰說的哪一句是實話、哪一句是謊言。常常謊言比實話對於破案更有幫助。

再偷偷透露一下，如果要和小說裡的凶手及小說背後的作者鬥智，就像克莉絲蒂對英國社會的了解，祕訣就在於要去追究小說裡的人物背景，尤其是他們的階級地位。基本上，階級地位愈高、權力愈大、愈有錢者，說的話就愈不要相信。例如在《史岱爾莊謀殺案》中，僕人、園丁說的話遠比有頭有臉的人說的要可信多了。就算要說謊，他們的謊言也比較天真，而且往往出於善良動機。當你歸納線索時，就會知道他們並非故意說謊，那是因為他們的認知受到蒙蔽或誤導，而你慢慢就從這蒙蔽或誤導中被引導到真相。

《史岱爾莊謀殺案》出版那年，克莉絲蒂三十歲，但書稿其實早在五年前就寫好了，畢竟要找到有人願意出版一個看來再平凡不過的家庭主婦寫的小說，並不是那麼容易。

所有和克莉絲蒂接觸過的人，都對於她的「正常」留下深刻印象。她看起來就和她那個年紀的典型英國家庭主婦一樣，害羞、靦腆，只能在社交場合勉強跟人聊些瑣事話題，完全無法演講，甚至連只是站起來對眾賓客說幾句客套話，請大家一起舉杯，她都做不到。她不演講，也很少答應接受採訪，就算採訪到她也很難從她口中得到有趣的內容。她會講的，幾乎都是記者本來就知道、或者自己就可以想得出來的。

例如說白羅這個神探的來歷。克莉絲蒂回答：他應該是個外國人，這樣就能在英國日常生活中看出英國人自己看不出的線索。她自己碰過的外國人，只有第一次大戰剛爆發時到英國避難的比利時人。比利時警察怎麼能跑到英國來？那一定是因為他已經退休了。他有潔癖，所以對於現場會有特殊的直覺，馬上感受到不對勁的地方。一個有潔癖的人，好像應該長得矮小些才相稱，一個矮小有潔癖的人最適當的名字，就是希臘神話裡的大力士「赫丘勒斯（Hercules）」，製造出荒唐的對比趣味。那白羅這個姓是怎麼來的呢？克莉絲蒂很誠實地說：「我不記得了。」

一切都如此順理成章，一切都如此合邏輯，不是嗎？有記者問她怎麼看自己的舞台劇〈捕鼠器〉，創下了英國劇場、甚至全世界劇場連演最多場紀錄的名劇？克莉絲蒂的回答也還是中規中矩，合理合節：那是一齣小戲，在一個小劇院演出，成本很低，任何人想到了都可以帶家人或朋友去看，老少咸宜，並不恐怖，也不特別荒謬打鬧，可是又什麼都有一點，包括恐怖和荒謬打鬧的成分。

她的身上找不出一點傳奇、怪誕色彩，那她為什麼能在五十年間持續寫偵探小說，創造了那麼多謀殺，還創造了那麼多詭計？

首先因為她是女性，以及她的身世，包括她的階級身分，使得她在描寫故事場景時比一般男性作者來得敏感。因為在她之前的偵探推理小說男性作家的階級身分都是高高在上，基本上他們會從較高的角度看社會，比較看不到底層的感受。

而她的婚變以及婚變中遭逢的痛苦，都使她更能體會與觀察，將英國社會的複雜細節融入小說的核心情節，讓探案與線索分析結合在一起。

克莉絲蒂一生結過兩次婚，第一次在一九一四年，婚後不久，丈夫就參加了歐戰，是英國皇家空軍最早一批飛行員。一九二六年，這個丈夫有了外遇，直率地向克莉絲蒂要求離婚，在那之前，克莉絲蒂的媽媽才剛過世，雙重打擊之下，又遇到車子無法發動，克莉絲蒂崩潰了，她棄車而走，忘記了自己究竟是誰，躲進一家鄉間旅館，登記時寫了她心裡唯一有印象的名字——她丈夫情婦的名字。

離婚後，一次在晚宴中，有人提起近東烏爾考古的最新收穫，克莉絲蒂就取消了原定要去西印度群島的計畫，改訂了跨越歐洲到君士坦丁堡的「東方快車」，是的，就是這趟旅程給了她寫《東方快車謀殺案》的靈感。不過更重要的是，在烏爾，她認識了一位年輕的考古學家，比她小十四歲，這個人後來成了她的第二任丈夫。

這位考古學家陪她去參觀在沙漠中的烏克海迪爾城，卻在沙漠中迷路困陷了。幾小時中克莉絲蒂卻沒有一點驚慌不安，當下考古學家就決定要向她求婚。

原來，克莉絲蒂的內心是有這種冒險成分的。要不然她不會兩次選到的，都是喜愛冒險的丈夫，而她本身大概也不會吸引一個在各種危險情境下挖掘古代寶藏的人，讓他願意向一個大他十四歲的女人求婚。

這樣說吧，維多利亞時代後期的英國環境，壓抑限制了克莉絲蒂冒險、追求傳奇的內在衝動，她只好將這樣的衝動寄託在丈夫和寫作上。她一邊陪著第二任丈夫在近東漫走，一邊在小說中寫各式各樣的謀殺與探案。謀殺和探案都是冒險，還有，偵探偵查中做的事——蒐集線索，還原命案過程——其實和考古學家的考掘，如此相似！

克莉絲蒂寫得最好的，正是「藏在日常中的冒險」。她個性中的雙面成分，造就了特殊的偵探魅力。既嚮往非常傳奇，卻又有根深柢固的日常邏輯信念，兩者都在克莉絲蒂的小說中扮演了重要角色。她的謀殺案幾乎都和日常習慣緊密編織在一起，日常環境成了凶手最重要的掩護。有些日常規律明顯地被破壞了，讓我們很自然以為那會是謀殺的線索，沿著這些線索形成了閱讀中的推理猜測，然而白羅早就提醒了，真正重要的反而是那些「細節」，也就是看來像是依隨日常邏輯進行的事，或說藏在日常邏輯中因而不被看重的事，那裡要嘛藏著凶手的核心詭計、煙幕，要嘛藏著凶手致命的破綻。

凶案的構想，就是如何讓異常蓋上日常、正常的面貌，又如何故意將日常、正常予以扭曲，製造假象；那麼偵探要做的，就是如何準確地在日常中分辨出真正的異常，將假的、明顯的異常撥開來，找出細節堆疊起來的異常真相。

此外，克莉絲蒂的小說裡隱藏著極其曖昧的情感價值觀，最典型、最有名的就是《東方快車謀殺案》。透過追查過程，讓讀者知道為什麼凶手要訴諸於這種手段，其動機具有可同情之處，再加上克莉絲蒂對身分階級的觀察，她比較相信或讓讀者相信那些沒有權力、地位的人，隨著偵查節奏去認識可能或必須懷疑的人。克莉絲蒂最擅長營造「多重嫌疑犯」的小說特質，因為讀者在閱讀時必須被迫去認識很多不一樣的人。在她最受歡迎的作品，大概都具備這樣的特質。

當然，她的作品中還有兩個最突出的神探，即白羅和瑪波。白羅是比利時人，但為什麼必須是外國人？這是因為英國人具有高度階級意識，這種觀念一路滲透到所有互動細節，包括人與人之間如何說話。而白羅因為不是英國人，他會發現一般英國人不太看得出來的東西，以及兩個人互動的方法哪裡不正常。至於瑪波為什麼得是老太太？她一如那個年代的老人家，總是靜靜坐著打毛線，因為不起眼，自然讓人放鬆防備，所以瑪波探案的線索都是來自於這樣的互動模式。

然而，白羅有很明顯的優勢，瑪波的身分使她基本上只能進行「靜態」的辦案，案子的空間受到侷限，白羅卻可以跨越各種空間，恣意揮灑。而且白羅擁有警官身分，可以合理出現在各種犯罪現場，瑪波能出現的地方，相形之下就勉強、不自然多了。白羅是明白的outsider，在英國，只要他出現，就會覺得有外人在而感到緊張，於是很容易露出平常不會表現的行為；瑪波則看起來是insider，但實質上是outsider，因為總是沒人發現她、當她空氣人。這兩人的探案，是兩個極端。雖然讀者最愛白羅，但克莉絲蒂自己偏愛瑪波勝於白羅。

不管後來的偵探、推理小說發展了多少巧妙詭計，克莉絲蒂卻不會過時，因為她的推理如此密切地和日常纏繞在一起；活在日常中，我們就無可避免被克莉絲蒂的「日常細節推理」吸引，隨時讀來都充滿驚奇趣味。

# 名家盛讚克莉絲蒂（依推薦時間排序）

**金庸**（作家）

克莉絲蒂的寫作功力一流，內容寫實，邏輯性順暢，也很會運用語言的趣味。閱讀她的小說，在謎底沒有揭露之前，我會與作者鬥智，這種過程非常令人享受。其作品的高明之處在於：布局的巧妙完全意想不到，而謎底揭穿時又十分合理，讓人不得不信服。

**詹宏志**（作家、PChome 網路家庭董事長）

推理小說在從先輩柯南．道爾等人的發明中出現力量時，誕生了一位《天方夜譚》故事中每天說故事說個不停的王妃薛斐拉．柴德，也就是「謀殺天后」克莉絲蒂，整個世界對聽這些故事才有如此的熱情。他們捨不得睡覺，每天問後來還有嗎、還有嗎，永遠不肯離去，這就是克莉絲蒂對推理小說的最大貢獻。

**可樂王**（藝術家）

所謂「克莉絲蒂式」的推理小說，就是一場和一個天才的寫作者或高明的恐怖份子在紙上捕掠捉殺的戰事。即便是一列火車、一處飯店或一間酒吧，在克莉絲蒂寫來皆充滿神祕和猜謎。在人生適合的下午裡，我總是一面嚼著口香糖，一面跟著矮子偵探白羅穿梭謀殺現場，克莉絲蒂的推理作品無疑是推理世界中最充滿「魔術性」的小說。

**吳若權**（作家、節目主持人）

我從小就對推理小說情有獨鍾，克莉絲蒂一系列的作品尤其令我愛不釋手。多年來，閱讀推理小說的經驗讓我覺悟：讀者在文字情節中推展開來的驚嘆，不只是因緣於故事的本身，而是自我性格的投射。從這個觀點來看克莉絲蒂一系列的作品，她簡直就是洞徹人性的算命師。而讀者，在她的文字中，發現了自己無可奉告的命運。

**藍祖蔚**（國家電影及視聽文化中心董事長）

做過藥劑師，難免懂得毒藥；嫁給考古學家，難免也就嫻熟文明的神祕；再加上曾經失蹤九天，一切不復記憶的離奇經驗，的確提供了寫作靈感，但若少了想像力，那些片羽靈光縱使辛辣如辣椒，卻不足以成菜。

推理小說重布局、重人物描寫，克莉絲蒂最厲害的卻是犀利的人性觀察，她一手創造的白羅探長，潔癖個性完全和她相反，更將她所憎厭的人格特質集於一身，殊不知，唯有不對著鏡子寫作，才能夠跳出框架與制式反應，開闢無限寬廣的新世界，建構多面向的詭異迷宮。

看完她的小說，你只會更加訝異，到底是什麼樣的心靈才能成就這般視野？

**李家同**（作家、前暨南大學校長）

克莉絲蒂的整體布局十分細膩，最後案情也都講解得非常詳細，回頭去看，在書中都找得到線索。故事的情節與內容也很好看，不是像一個流氓在街上被殺掉那麼單調。……看小說應該要花腦筋、要思考，從小就要養成思辨的能力，看她的小說，就是對邏輯思考能力極佳的訓練。

**袁瓊瓊**（作家）

雖然被公認是冷靜理性的謀殺天后，但是在理性之下，克莉絲蒂的底色依舊是感情。克莉絲蒂很明白，所有的慾望之後，都無非是某種愛情。在以性命相搏的犯罪世界裡，凶手以終結他人的性命來遂私欲，不過是為了成全自己的愛，或者是成全自己的恨。

鄧惠文（精神科醫師）

以推理小說作家而言，克莉絲蒂的風格相當獨樹一格。她的偵探在辦案時，靠的不光是科學證據的搜集，而是大量運用犯罪心理學，及對人性的深刻了解。例如在《五隻小豬之歌》中，白羅便是藉由聽取嫌疑犯訴說案情時所不自覺顯露的主觀意識及中心思想，而看出其中破綻，找出真兇。白羅是靠腦袋辦案，以心理層面去剖析案情，即使人們敘述的是同一件事，他可以聽出不同角色因出發點及看待角度不同所透露的情緒觀感，從而抽絲剝繭，還原事實真相。

克莉絲蒂所塑造的人物也生動且各具特色，不同個性所出現的情緒反應描寫，皆細膩而準確，讓讀者產生豐富的想像空間，一展卷便欲罷而不能。

吳曉樂（作家）

克莉絲蒂使用的語言平易近人，主要是以角色與情節的對應來斧鑿出故事的深度，堆疊出讓讀者回味的迂迴空間。而她筆下的角色往往性別、階級、性格、族群各異，塑造出多元又豐富的人物群像。

文學作品不問類型，若要流傳於世，最終仍得上溯至「人性」的理解與反思。而阿嘉莎．克莉絲蒂的作品中，我們可以看到人類屢屢得和自己的人生討價還價，或千方百計讓主觀意識與客觀條件達成某種程度的整合，讀者在重建人物的心理軌跡時，也見識到自身的是非成敗，我認為，這也是克莉絲蒂的作品能夠璀璨經年、暢銷不衰的主因。

**許皓宜**（心理學作家）

克莉絲蒂筆下的故事看似在談人性的醜惡，實則像一位披著小說家靈魂的心靈引導者，用她的文字訴說著人們得不到「愛」時的痛苦。於是在故事終了的剎那，你不得不對人生多了幾分「看透感」：原來，我們心裡的那些痛苦、報復與自我折磨的慾望，不是因為「憤恨」，而是起於對「愛的失落」。這或許是我們在情感世界中最珍貴且深刻的一種覺察了。

推理小說荒謬驚悚嗎？不，它其實很寫實。它幫我們說出心裡的苦、怨、醜陋的慾望，於是，我們可以重新學習愛了。

**一頁華爾滋 Kristin**（影評人）

從有記憶以來，閱讀克莉絲蒂最迷人之處往往不在真正的凶手是誰，而是在於「Why」（為什麼）與「How」（如何進行），在於人性與心理描摹的故事肌理。依循其書寫脈絡，會發覺不只是邏輯清晰、布局縝密、著重細節，她總能完美掌握敘事節奏，書中人物彷彿真實存在般鮮明躍然紙上，讀者情緒會隨精準文字保持流轉、跳動、收放，掩卷時並無太多真相水落石出的暢快，反倒淡淡的惆悵化為餘韻襲上心頭，原來還是種種意料之外，卻屬情理之中的人性盲目使然。私以為，那成就了克莉絲蒂的推理故事之所以無比迷人的主因之一。

**冬陽**（推理評論人）

雖然阿嘉莎．克莉絲蒂的作品並非我的推理閱讀啟蒙，卻是養成閱讀不輟的重要推手。首先，她無庸置疑是個說故事能手，打開我名為好奇的開關；其次是設計犯罪事件的巧妙多元，既日常又異常，凶手更是叫人意想不到。沒錯，我相信每個當讀者的都忍不住想破案，想早偵探一步識破詭計，或者像考試結束鈴響前一秒，瞎猜都要指著某個角色大喊「你就是犯人」！然後會忍不住作弊——不是翻到最後幾頁窺探真凶身分，而是往前翻查讓人起疑的段落、偵探顯然掌握重要線索的時刻，直到忍不住豎白旗投降，看神探（我知道啦，真正把我耍得團團轉的聰明人是作者）頭頭是道地分析我遺漏錯置的片片拼圖，終於看清真相全貌。這，就是偵探推理，我因此熟悉遊戲規則、沉醉在每一場迷人故事裡，成為這個類型書寫的俘虜，享受至今不疲的美好滋味。

**石芳瑜**（作家、永樂座書店店主）

布局細膩、處處留下線索，破案解說詳細，說明了這位安靜、害羞的推理小說女王心思縝密，且充滿想像力。密室殺人，完美犯罪，《東方快車謀殺案》不愧為古典推理小說的經典。再加上神祕的東方色彩，隨著火車抵達的迫切時間感，連非推理小說迷都會神經拉緊，讀完大呼過癮。

家庭主婦缺少人生經驗？處女座的阿嘉莎．克莉絲蒂充分展現她過人的寫作天分，靠得是從小開始的閱讀，以及對偵探小說的著迷。三十歲寫下第一本偵探小說《史岱爾莊謀殺案》的克莉絲蒂，在那個時代並不能說是「早慧」，但寫作生涯五十五年中，共創作了八十部偵探小說，卻令人難以企及。這位害羞靦腆的小說女神，大概是相信只要有足夠的理由，每個人都有殺人的可能！

**余小芳**（暨南大學推理研究社指導老師、台灣推理作家協會常務理事）

學生時代加入推理社團，社課指定讀物便是經典作品《一個都不留》，成為我對克莉絲蒂的初步印象，自此沉浸於推理小說的世界。隔年寒假陪同學參與轉學考，在斜風細雨的走廊中，滿足讀完《東方快車謀殺案》。隨著歲月遠走，已昇華成趣味回憶。

踏入推理文學領域需要認識的作家，阿嘉莎．克莉絲蒂絕對名列其中，她的作品常有英國小鎮風光、莊園式的謀殺、設備豪華的交通工具等，還有特色鮮明的偵探活躍其中。書中少有血腥、暴力的橋段，布局巧妙且結構嚴密，手法純粹、知性，故事內容與人物性格融為一體，以高超的想像力結合說好故事的能耐，為推理小說開創新局面。克莉絲蒂推理全集重編改版，值得新舊讀者一起探索。

林怡辰（國小教師、教育部閱讀推手）

多年後，還是難忘第一次閱讀阿嘉莎．克莉絲蒂作品的感動和激動。這套將近一世紀的作品，文筆流暢，邏輯縝密，過程中不斷與作者較量、猜出凶手，直到最後解答不禁佩服，蛛絲馬跡處處展現作者的精妙手法，於是又拿起另一部作品，再次沉溺在謀殺天后所編織的日常世界中的奇幻，無可自拔。犯罪動機和手法穿越時空限制，如今讀來合理且依舊令人感動，閱讀中趣味橫生，難怪成為後來諸多偵探小說的原型。

克莉絲蒂創作生涯中產出的八十部推理作品，至今多部躍上大銀幕，無怪乎被稱之為「經典」，喜愛推理偵探作品的人不可不讀，你會驚異於她在文字中施展的魔法！

張東君（推理評論家、科普作家）

我愛克莉絲蒂！這位在台灣有時會被稱為克奶奶的超級暢銷推理小說家，即使是自認沒讀過她的書的人，也都會在各種書籍或影視作品中看到對她致敬的片段。由於她喜歡旅行和冒險，那些經驗與體驗都成為書中的場景，因此閱讀她的作品時，不只是雀躍地跟著偵探推理，也有了虛擬的旅行體驗。或者當成旅遊導覽書，在出發去尼羅河、去英國鄉間、去搭船搭火車時，就塞一本克奶奶的作品到隨身背包中。

我還是大學新生時，就聽學姐說她哥哥經常看克奶奶的小說，而且邊看邊狂笑。於是我跟著效仿，在某次搭飛機之前買了第一本小說當旅伴，不只看得超開心，看完後還到處找尋書中出現的那種有兜帽的斗篷，當成出門時的必備用品。克奶奶的作品是跨越文字、國界的。只要看過一本，就會不停地追下去。還好，真的是還好只有八十本。何況這次是全新校訂的紀念珍藏版，當然不能錯過！

發光小魚（呂湘瑜）（文史作家、助理教授）

一部好的偵探小說，除了情節設計巧妙之外，還需要洞悉人性，如此方能合理地交代人物的言行舉止與動機。阿嘉莎．克莉絲蒂便是其中翹楚，她的作品不管是偵探、愛情小說或戲劇，必要元素都是謎題與人性。在寧靜無波的場景下暗潮洶湧，永遠都有意料之外，讀者的情緒也會隨著劇情的進行起伏糾結。克莉絲蒂觀察到時代的變化，將犯罪心理融入作品中，於是，看她的小說不只能得到解謎的快樂，同時對人性也能夠有所省思。

此外，克莉絲蒂豐富的人生歷練及旅行經歷，例如一九二二年的環球之旅、居住過也旅行過的巴黎和埃及，甚至是追隨考古學家丈夫前往的中東，都讓她的小說讀來更加充滿異國情調。如果你也愛旅行，不如就讓我們一同搭上那一班南法的藍色列車，或由伊斯坦堡出發的東方快車，跟著白羅鑽進一樁奇案，一嘗旅程中破解謎題的快感吧。

**盧郁佳**（作家）

國小時，家裡買了一套阿嘉莎．克莉絲蒂全集，從此成了我的毒品，在白癡課本將我的腦袋啃噬成海綿般空洞時，撫慰受創的心靈，那時我仍對人心險惡一無所知。

數學課教你列算式，樂趣遠不如克莉絲蒂教你住宅平面圖、偷換時序的密室魔術，你從庭園長窗進房間，我從房門直通鄰房，他從走廊進房……從而學會故事是建構邏輯。她文風多變，時而《四大天王》中讓神探白羅向助手海斯汀大賣關子，眉頭緊皺，山雨欲來，預示天翻地覆，只能靠他拯救世界；時而用維吉尼亞．吳爾芙《自己的房間》中俏皮的語言，讓貧苦村姑安妮在《褐衣男子》中回憶南非出生入死的冒險，竟源於她耽讀村裡圖書館爛舊的冒險愛情小說，還有戲院每週末放映〈帕米拉歷險記〉，帕米拉每集從飛機跳落高空、搭潛艇、爬上摩天大樓，每次被黑幫老大抓到總不一刀斃命，卻老要用瓦斯毒死她，暗示續集又會逃出生天。

長大才發現，克莉絲蒂小說就是我的〈帕米拉歷險記〉：它以歌劇般輝煌龐大的天真陰謀、精細的人際觀察（一句話重音放在哪個字、從膝蓋鑑定女人的年齡等），召喚年輕讀者抱持浪漫精神投入未知的壯遊，瘋魔、衝撞、冒犯，傷痕累累毫無懼色。正如瓦斯在冒險片中太多、現實中卻太少；陰謀在現實中沒有克莉絲蒂寫得那麼複雜，但她刻畫的心理卻是現實中解謎的試金石。

**賴以威**（臺灣師範大學電機系副教授）

或許可以為經典下幾個定義：該領域的愛好者更都讀過；不是這個領域的愛好者，許多人也都聽過；影響後續的作品，在很多著作中都可以看到它的影子；值得反覆再三閱讀，每隔一陣子再讀都可以獲得閱讀的樂趣，有更多的體悟。我永遠記得第一次讀《東方快車謀殺案》時，被那宛如嚴謹設計數學謎題的鋪陳、推進給深深吸引、震撼。從這幾個角度來說，克莉絲蒂的推理小說被稱之為「經典」，可說是當之無愧。

**謝哲青**（作家、旅行家、知名節目主持人）

克莉絲蒂小說的魅力在於透過每個角色的對白，藉由不斷的說話來表現人物的個性，以彰顯其人格特質中一些無法被忽略的事實。我們從他們的言語、講話的過程和字裡行間，竟然就能知道誰是凶手。

我從克莉絲蒂的小說學到很多，除了推理小說有趣的事實之外，最重要的是，我在工作的職場跟人應對的時候，如何從語言和對話裡去捕捉某些隱而不顯的事實。許多人們欲蓋彌彰的東西，無論心事也好、祕密也好，克莉絲蒂都會用文學的手法，讓你理解語言的奧妙和魅力。

克莉絲蒂的書寫會讓你覺得彷彿自己也在現場，你可以從聽到的對話當中，學會如何理解人心的一些小技巧，這是小說家最出色、最偉大的地方。我們必須學習傾聽別人說話——這些人講話是真誠的嗎？他想要跟你分享什麼資訊？這些資訊可靠嗎？——這是我在閱讀推理小說時，最大的收穫和理解。

# 阿嘉莎・克莉絲蒂大事記

| | | |
|---|---|---|
| 1890 | | • 九月十五日出生於英格蘭德文郡托基鎮。 |
| 1894 | 4 歲 | • 開始在家自學，父母親、姐姐教導閱讀、寫作、算術和彈鋼琴。 |
| 1895 | 5 歲 | • 家中經濟走下坡，舉家搬至法國，學會流利的法語。 |
| 1905 | 15 歲 | • 在巴黎寄宿學校學鋼琴和聲樂，但生性極度害羞，未成為職業鋼琴家，最終回到英國。 |
| 1907 | 17 歲 | • 陪同母親前往埃及調養身體，對社交活動充滿興趣，但尚未對日後感興趣的埃及古物點燃熱情。<br>• 回英國後繼續寫作、參與業餘戲劇表演。 |
| 1908 | 18 歲 | • 寫出第一篇短篇小說〈麗人之屋〉，同時也寫出第一部愛情小說《白雪黃漠》，以筆名向出版社投稿，但屢遭退稿。 |
| 1912 | 22 歲 | • 與英國皇家軍官亞契・克莉絲蒂（Archibald Christie）熱戀。<br>• 八月爆發第一次世界大戰，亞契奉派到法國作戰。 |
| 1914 | 24 歲 | • 耶誕夜結婚，亞契隨即返回戰場。克莉絲蒂參與紅十字會工作，在醫院擔任護士和藥劑師，因此對藥理和毒物非常熟悉，造就後來多部推理小說情節都以毒藥殺人。 |
| 1916 | 26 歲 | • 開始嘗試寫推理小說，寫出第一部小說《史岱爾莊謀殺案》，主角偵探赫丘勒・白羅的靈感，來自於大戰期間英國鄉間的比利時難民營。本書歷經數家出版社退稿後，終獲柏德雷・海德（The Bodley Head）圖書公司的出版機會，之後並簽下另五本小說的合約。 |
| 1919 | 29 歲 | • 前一年亞契返回英國，八月生下女兒露莎琳。 |

1920　30 歲　• 出版《史岱爾莊謀殺案》。

1922　32 歲　• 出版第二部小說《隱身魔鬼》，主角是夫妻檔偵探湯米和陶品絲。
• 與亞契至南非、澳洲、紐西蘭、夏威夷和加拿大等國旅行十個月，在南非得到《褐衣男子》的靈感。

1923　33 歲　• 三月出版第三部小說《高爾夫球場命案》，白羅再度登場。

1926　36 歲　• 四月母親過世，克莉絲蒂陷入憂鬱。
• 六月在「威廉．柯林斯父子出版社」出版《羅傑艾克洛命案》。
• 八月亞契因外遇提出離婚，十二月初一次爭吵後，克莉絲蒂離家棄車失蹤，消息登上全國新聞。

1927　37 歲　• 一月在悲痛心情中寫出《藍色列車之謎》，第一次創造出聖瑪莉米德村，即後來瑪波小姐居住的村子。
• 分居期間在雜誌刊登以白羅為主角的短篇小說，後來集結出版《四大天王》。
• 十二月在雜誌刊登短篇小說〈週二夜間俱樂部〉，瑪波小姐初登場，後來收錄在一九三二年出版的短篇小說集《十三個難題》。

1928　38 歲　• 十月正式離婚，仍保留「克莉絲蒂」姓氏。
• 秋天搭乘「東方快車」前往土耳其的伊斯坦堡，再轉往伊拉克首都巴格達，參觀考古現場烏爾，認識考古學家伍利夫婦（Leonard and Katharine Woolley）。

1930　40 歲　• 二月應伍利夫婦之邀再訪烏爾，認識考古學家麥克斯．馬龍（Max Mallowan），九月於英國愛丁堡結婚。這段婚姻開啟克莉絲蒂旺盛的創作生涯，兩人到中東考古現場的旅行為許多作品帶來靈感。

- 婚後克莉絲蒂開始維持固定的寫作行程。十月出版《牧師公館謀殺案》，是第一部以瑪波小姐為主角的小說。
- 出版第一部以「瑪麗・魏斯麥珂特」（Mary Westmacott）為筆名的《撒旦的情歌》，並陸續發表了五部非犯罪小說。

1932 42 歲 • 出版《危機四伏》。

1934 44 歲 • 出版《東方快車謀殺案》，是白羅海外辦案三部曲之一，故事靈感來自中東的旅行經歷。一九七四年第一次改編成電影大獲好評。

1936 46 歲 • 出版《美索不達米亞驚魂》，白羅海外辦案三部曲之二。

1937 47 歲 • 出版《尼羅河謀殺案》，白羅海外辦案三部曲之三，故事背景是年輕時與母親同遊的埃及。一九七八年第一次改編成電影大受歡迎。

1939 49 歲 • 二次大戰期間，克莉絲蒂在大學學院醫院擔任義務藥師，學習到最新的毒藥知識，對於推理小說寫作大有助益。
- 出版《一個都不留》，是克莉絲蒂最著名作品之一。

1941 51 歲 • 出版《密碼》，呈現出克莉絲蒂對戰爭的看法。
- 出版《豔陽下的謀殺案》。

1942 52 歲 • 出版《藏書室的陌生人》、《五隻小豬之歌》等名作。

1944 54 歲 • 以「瑪麗・魏斯麥珂特」為筆名出版第三部作品《幸福假面》，被美國書評人發現是克莉絲蒂的作品，讓她從此失去匿名創作的自在樂趣。

| | | |
|---|---|---|
| 1950 | 60 歲 | • 獲選為皇家文學學會的會員。 |
| 1953 | 63 歲 | • 出版《葬禮變奏曲》。 |
| 1956 | 66 歲 | • 一月獲頒大英帝國爵級大十字勳章（GBE）。<br>• 十一月以「瑪麗·魏斯麥珂特」為筆名出版《愛的重量》，是這個筆名的最後一部作品。 |
| 1958 | 68 歲 | • 成為「偵探作家俱樂部」主席。 |
| 1960 | 70 歲 | • 馬龍獲頒大英帝國爵級大十字勳章。 |
| 1961 | 71 歲 | • 獲得艾克塞特大學頒發榮譽文學博士學位。 |
| 1968 | 78 歲 | • 馬龍獲封為爵士，克莉絲蒂亦被稱為馬龍爵士夫人。 |
| 1971 | 81 歲 | • 獲頒大英帝國爵級司令勳章（DBE），獲封為女爵士。 |
| 1973 | 83 歲 | • 出版最後一部創作《死亡暗道》，亦為湯米和陶品絲最後一次辦案。 |
| 1974 | 84 歲 | • 最後一次公開露面，出席電影《東方快車謀殺案》首映會。 |
| 1975 | 85 歲 | • 八月六日，白羅成為有史以來第一次在《紐約時報》頭版刊出訃聞的小說主角，宣傳九月即將出版的《謝幕》，這也是白羅最後一次辦案。 |
| 1976 | 86 歲 | • 一月十二日去世。<br>• 十月出版《死亡不長眠》，瑪波小姐的最後一次辦案。 |

# 克莉絲蒂推理原著出版年表

1920　史岱爾莊謀殺案 The Mysterious Affair at Styles（神探白羅系列）
1922　隱身魔鬼 The Secret Adversary（神探湯米＆陶品絲系列）
1923　高爾夫球場命案 The Murder on the Links（神探白羅系列）
1924　白羅出擊 Poirot Investigates（神探白羅系列）
1924　褐衣男子 The Man in the Brown Suit（神探雷斯上校系列）
1925　煙囪的祕密 The Secret of Chimneys（神探巴鬥主任系列）
1926　羅傑艾克洛命案 The Murder of Roger Ackroyd（神探白羅系列）
1927　四大天王 The Big Four（神探白羅系列）
1928　藍色列車之謎 The Mystery of the Blue Train（神探白羅系列）
1929　七鐘面 The Seven Dials Mystery（神探巴鬥主任系列）
1929　鴛鴦神探 Partners in Crime（神探湯米＆陶品絲系列）
1930　牧師公館謀殺案 The Murder at the Vicarage（神探瑪波系列）
1930　謎樣的鬼豔先生 The Mysterious Mr. Quin（神探鬼豔先生系列）
1931　西塔佛祕案 The Sittaford Mystery
1932　十三個難題 The Thirteen Problems（神探瑪波系列）
1932　危機四伏 Peril at End House（神探白羅系列）
1933　十三人的晚宴 Lord Edgware Dies（神探白羅系列）
1933　死亡之犬 The Hound of Death
1934　三幕悲劇 Three Act Tragedy（神探白羅系列）
1934　李斯特岱奇案 The Listerdale Mystery
1934　帕克潘調查簿 Parker Pyne Investigates（神探帕克潘系列）
1934　東方快車謀殺案 Murder on the Orient Express（神探白羅系列）
1934　為什麼不找伊文斯？ Why Didn't They Ask Evans?
1935　謀殺在雲端 Death in the Clouds（神探白羅系列）
1936　ABC 謀殺案 The A.B.C. Murders（神探白羅系列）
1936　底牌 Cards on the Table（神探白羅系列）
1936　美索不達米亞驚魂 Murder in Mesopotamia（神探白羅系列）

1937 巴石立花園街謀殺案 Murder in the Mews（神探白羅系列）
1937 尼羅河謀殺案 Death on the Nile（神探白羅系列）
1937 死無對證 Dumb Witness（神探白羅系列）
1938 白羅的聖誕假期 Hercule Poirot's Christmas（神探白羅系列）
1938 死亡約會 Appointment with Death（神探白羅系列）
1939 一個都不留 And Then There Were None
1939 殺人不難 Murder Is Easy/Easy to Kill（神探巴鬥主任系列）
1940 一，二，縫好鞋釦 One, Two, Buckle My Shoe（神探白羅系列）
1940 絲柏的哀歌 Sad Cypress（神探白羅系列）
1941 密碼 N Or M?（神探湯米＆陶品絲系列）
1941 豔陽下的謀殺案 Evil Under the Sun（神探白羅系列）
1942 五隻小豬之歌 Five Little Pigs（神探白羅系列）
1942 藏書室的陌生人 The Body in the Library（神探瑪波系列）
1942 幕後黑手 The Moving Finger（神探瑪波系列）
1944 本末倒置 Towards Zero（神探巴鬥主任系列）
1945 死亡終有時 Death Comes as the End
1945 魂縈舊恨 Remembered Death（神探雷斯上校系列）
1946 池邊的幻影 The Hollow（神探白羅系列）
1947 赫丘勒的十二道任務 The Labours of Hercules（神探白羅系列）
1948 順水推舟 Taken at the Flood（神探白羅系列）
1949 畸屋 Crooked House
1950 謀殺啟事 A Murder Is Announced（神探瑪波系列）
1951 巴格達風雲 They Came to Baghdad
1952 殺手魔術 They Do It with Mirrors（神探瑪波系列）
1952 麥金堤太太之死 Mrs. McGinty's Dead（神探白羅系列）
1953 黑麥滿口袋 A Pocket Full of Rye（神探瑪波系列）
1953 葬禮變奏曲 After the Funeral（神探白羅系列）

1954　未知的旅途 Destination Unknown
1955　國際學舍謀殺案 Hickory, Dickory, Dock（神探白羅系列）
1956　弄假成真 Dead Man's Folly（神探白羅系列）
1957　殺人一瞬間 4:50 from Paddington（神探瑪波系列）
1958　無辜者的試煉 Ordeal by Innocence
1959　鴿群裡的貓 Cat Among the Pigeons（神探白羅系列）
1960　哪個聖誕布丁？ The Adventurc of the Christmas Pudding（神探白羅系列）
1961　白馬酒館 The Pale Horse
1962　破鏡謀殺案 The Mirror Crack'd from Side to Side（神探瑪波系列）
1963　怪鐘 The Clocks（神探白羅系列）
1964　加勒比海疑雲 A Caribbean Mystery（神探瑪波系列）
1965　柏翠門旅館 At Bertram's Hotel（神探瑪波系列）
1966　第三個單身女郎 Third Girl（神探白羅系列）
1967　無盡的夜 Endless Night
1968　顫刺的預兆 By the Pricking of My Thumbs（神探湯米＆陶品絲系列）
1969　萬聖節派對 Hallowe'en Party（神探白羅系列）
1970　法蘭克福機場怪客 Passengers to Frankfurt
1971　復仇女神 Nemesis（神探瑪波系列）
1972　問大象去吧 Elephants Can Remember（神探白羅系列）
1973　死亡暗道 Postern of Fate（神探湯米＆陶品絲系列）
1974　白羅的初期探案 Poirot's Early Cases（神探白羅系列）
1975　謝幕 Curtain: Hercule Poirot's Last Case（神探白羅系列）
1976　死亡不長眠 Sleeping Murder（神探瑪波系列）
1979　瑪波小姐的完結篇 Miss Marple's Final Cases（神探瑪波系列）
1991　情牽波倫沙 Problem at Pollensa Bay
1997　殘光夜影 While the Light Lasts

國家圖書館出版品預行編目（CIP）資料

加勒比海疑雲 / 阿嘉莎・克莉絲蒂（Agatha Christie）著；龐紅梅、楊波譯. -- 二版.-- 臺北市：遠流出版事業股份有限公司, 2023.10
面；　公分. -- (克莉絲蒂繁體中文版20週年紀念珍藏；44)
譯自：A Caribbean Mystery
ISBN 978-626-361-254-9(平裝)

873.57　　112014626

克莉絲蒂繁體中文版 20 週年紀念珍藏 44
**加勒比海疑雲**

作者 / 阿嘉莎・克莉絲蒂
譯者 / 龐紅梅、楊波

主編 / 陳懿文、余式恕　校對 / 呂佳眞
封面、內頁設計 / 謝佳穎　排版 / 連紫吟、曹任華
行銷企劃 / 舒意雯　出版一部總編輯暨總監 / 王明雪

發行人 / 王榮文
出版發行 / 遠流出版事業股份有限公司
地址 / 104005臺北市中山北路一段11號13樓
電話 / (02)2571-0297　傳眞 / (02)2571-0197　郵撥 / 0189456-1
著作權顧問 / 蕭雄淋律師

2003年4月1日 初版一刷
2023年10月1日 二版一刷
定價 / 新臺幣320元 (缺頁或破損的書，請寄回更換)

ISBN 978-626-361-254-9

遠流博識網 http://www.ylib.com　E-mail: ylib@ylib.com
遠流粉絲團 https://www.facebook.com/ylibfans